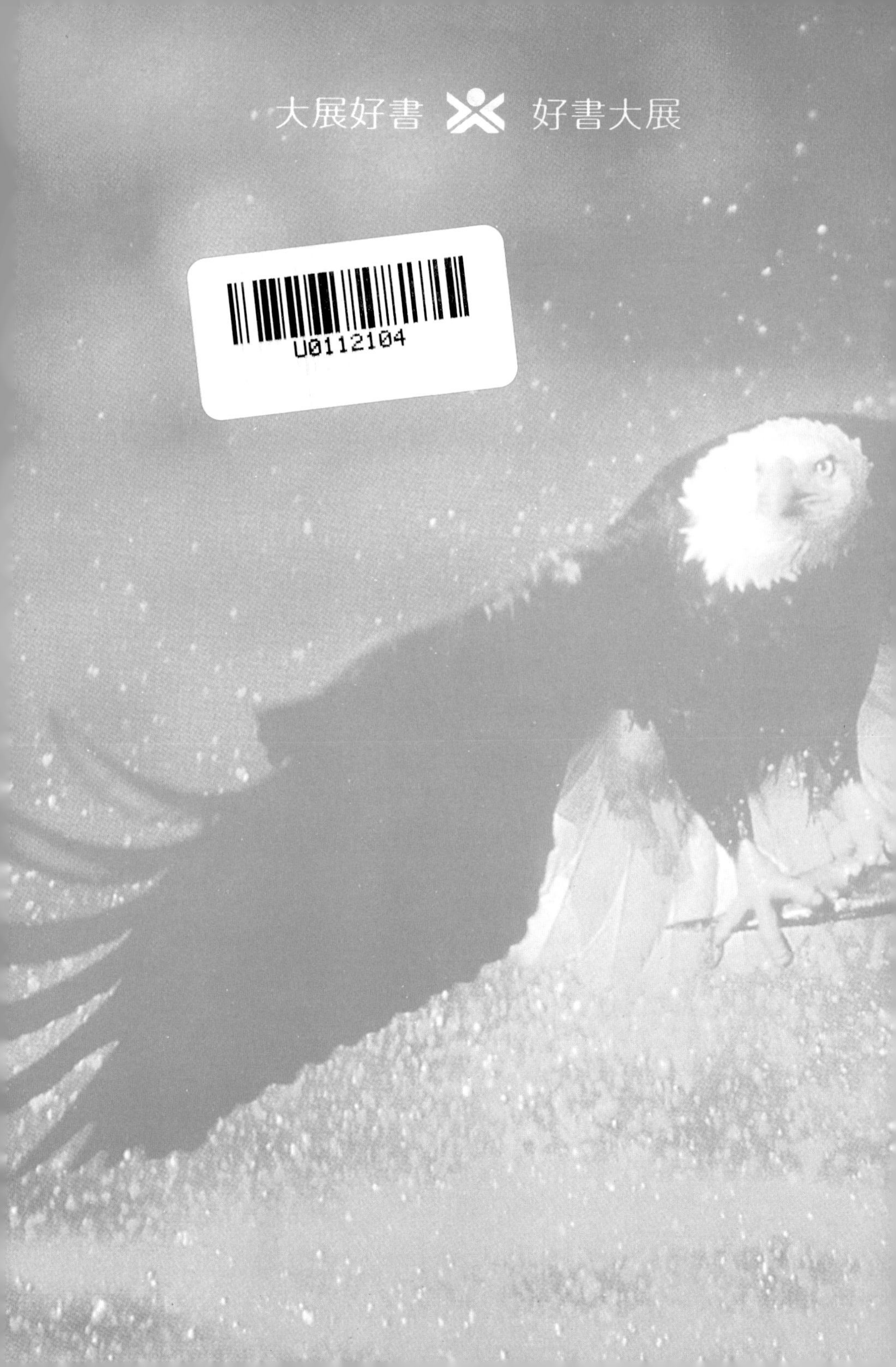
大展好書 好書大展

精選系列 25

美中開戰

新・中國-日本戰爭(十)

森 詠/著
林雅倩/譯

大展出版社有限公司
DAH-JAAN PUBLISHING CO., LTD.

目錄

●主要登場人物●

日本

〈**北鄉家**〉

北鄉正生　父　外務省顧問　退休　財團法人國際開發中心理事

美智子　母

譽　外務省北京日本大使館一等書記官　（N機構情報部員）

涉　海幕幕僚　少校

勝　自由通譯　曾到上海大學留學

弓　希望成為畫家　在北京大學文學部學習比較文學科留學

〈**政治家·官僚**〉

濱崎茂　首相

北山誠　內閣官防長官

青木哲也　外相

栗林勇　防衛廳長官

向井原一進　內閣安全保障室長　前統幕議長　（N機構局長）

〈自衛隊〉

新城克昌　統幕作戰部長

河原端大志　總合幕僚會議議長　陸將

國松一信　護衛艦「春雨」艦長

中國

〈劉家（客家）〉

劉達峰　祖父　八路軍上校

劉大江　父　人民解放軍海軍少將　海軍參謀長

玉生　妻

小新　長男　人民解放軍陸軍中校

曉文　長女　事務員

汝雄　次男

劉重遠　劉小新的叔父　香港實業家

進　在北京大學留學

〈中國共產黨・政府〉

江澤民　國家主席　總書記　中央軍事委員會主席
喬石　全人代委員長
〈總參謀部作戰本部（民族統一救國將校團）〉
秦　平　陸軍上將　總參謀部作戰部長　新黨政治局員　軍事委員會秘書長
楊世明　陸軍上校　總參謀部作戰室長
賀　堅　陸軍上校
汪　石　陸軍上校
周志忠　海軍上校
何　炎　空軍上校
丁善文　陸軍上將　成都軍區司令員
〈廣東軍〉
（第四十二集團軍）
徐有欽　陸軍中將
白治國　陸軍少將
王　捷　陸軍准將
崔　南　陸軍准將

孫光覽　陸軍上校

（第四十一集團軍）

阮德有　陸軍中尉

任維鎮　陸軍少尉

〈中國人民解放軍〉

趙忠誠　中國人民解放民主革命戰線指揮官

尹洛林　前人民解放軍總政治少將

〈蘭州軍管區・第二十一集團軍〉

韋　乾　陸軍上尉　新疆維吾爾自治區派遣軍獨立第33旅團　第8巡邏隊

尹維仁　陸軍中士　新疆維吾爾自治區派遣軍獨立第33旅團　第8巡邏隊

〈中國海軍〉

毛富林　海軍少將　東海艦隊第4護衛艦戰隊司令

金少甫　海軍上校　東海艦隊第4護衛艦戰隊　旗艦「西安」艦長

〈滿洲獨立同盟〉

許瑞林　瀋陽軍管區最高軍事顧問　退役上將　滿洲獨立聯盟領袖

林朝文　瀋陽軍司令員　上將

〈其他〉

于正剛　廣州人　原來是軍人現在是實業家(暗地裡從事走私生意)

王　蘭　王中林的女兒　暱稱小蘭

范鳳英　中國學生　反政治活動家

齊恒明　中國學生　反政治活動家

馬立德　中國學生　反政治活動家

特爾剛　新疆維吾爾民族解放戰線特爾剛＝帕戴族的族長

帕　戴　特爾剛的孫子　前中國人民解放軍少尉

臺灣

李登輝　總統　國民黨

呂　玄　行政院院長

薛德餘　外交部長

謝　毅　國防部長　軍政

朱孝武　參謀總長　軍令

〈劉家(客家)〉

劉仲明　中華民國軍准將　劉小新的叔父

美國

哈瓦德・辛普森　總統　共和黨
約翰・吉布森　國務卿　新門羅主義者
德納爾德・漢斯　國防部長
巴納德・格里菲斯　負責安全保障問題的總統特別輔佐官　對日穩健派
邁亞・耶爾茲巴克　負責安全保障問題的總統特別輔佐官　對日強硬派
尼爾・傑克森　統合參謀本部議長
賈克・科瓦爾斯基　見習助理國務卿
喬治・提拉　駐日美軍司令官　中將

〈美國海軍〉

詹姆斯・馬歐爾　第七艦隊司令官　海軍中將
約翰・科斯納　第七艦隊旗艦「藍山脊號」艦長　海軍上校
威廉・馬西　第七艦隊旗艦「藍山脊號」副艦長

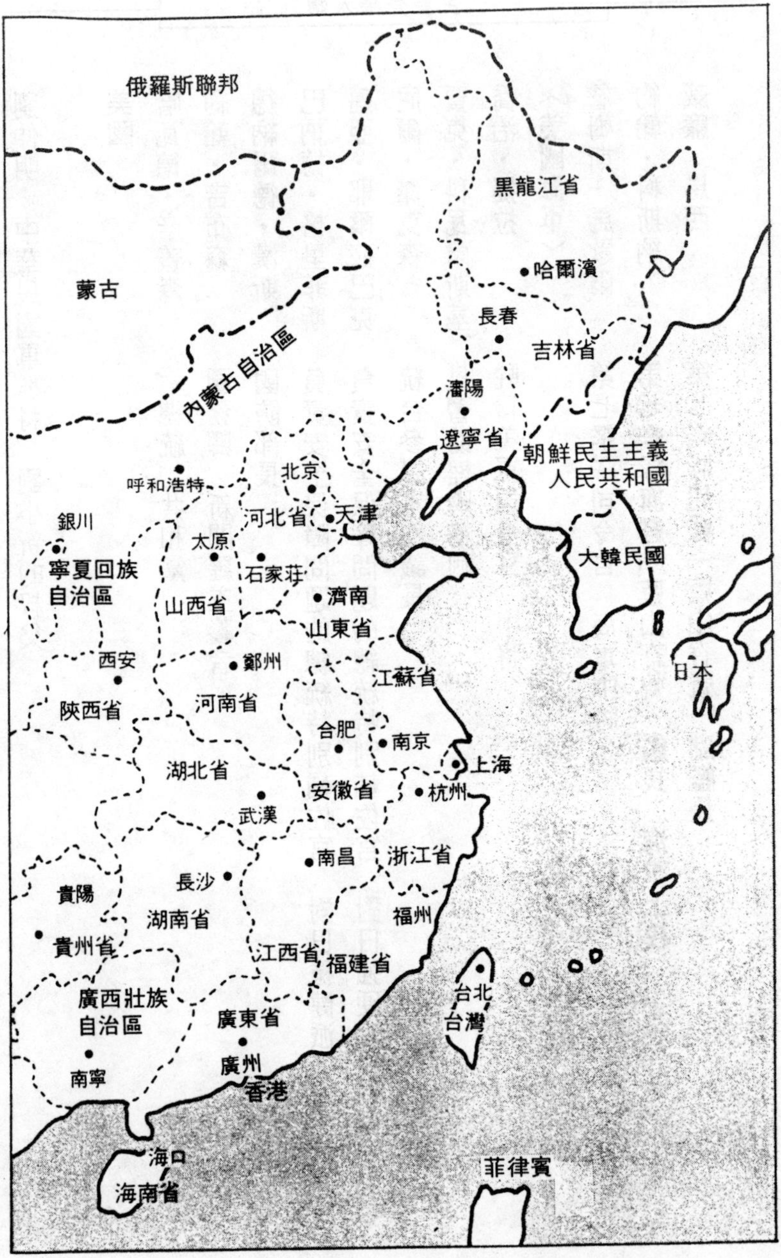
俄羅斯聯邦
黑龍江省
哈爾濱
蒙古
長春
吉林省
內蒙古自治區
瀋陽
遼寧省
朝鮮民主主義
人民共和國
北京
呼和浩特
天津
河北省
銀川
太原
石家莊
大韓民國
寧夏回族
自治區
山西省
濟南
山東省
日本
西安
鄭州
江蘇省
陝西省
河南省
合肥
南京
上海
湖北省
安徽省
杭州
武漢
南昌
浙江省
長沙
貴陽
湖南省
福州
貴州省
江西省
福建省
台北
台灣
廣西壯族
自治區
廣東省
廣州
南寧
香港
海口
菲律賓
海南省

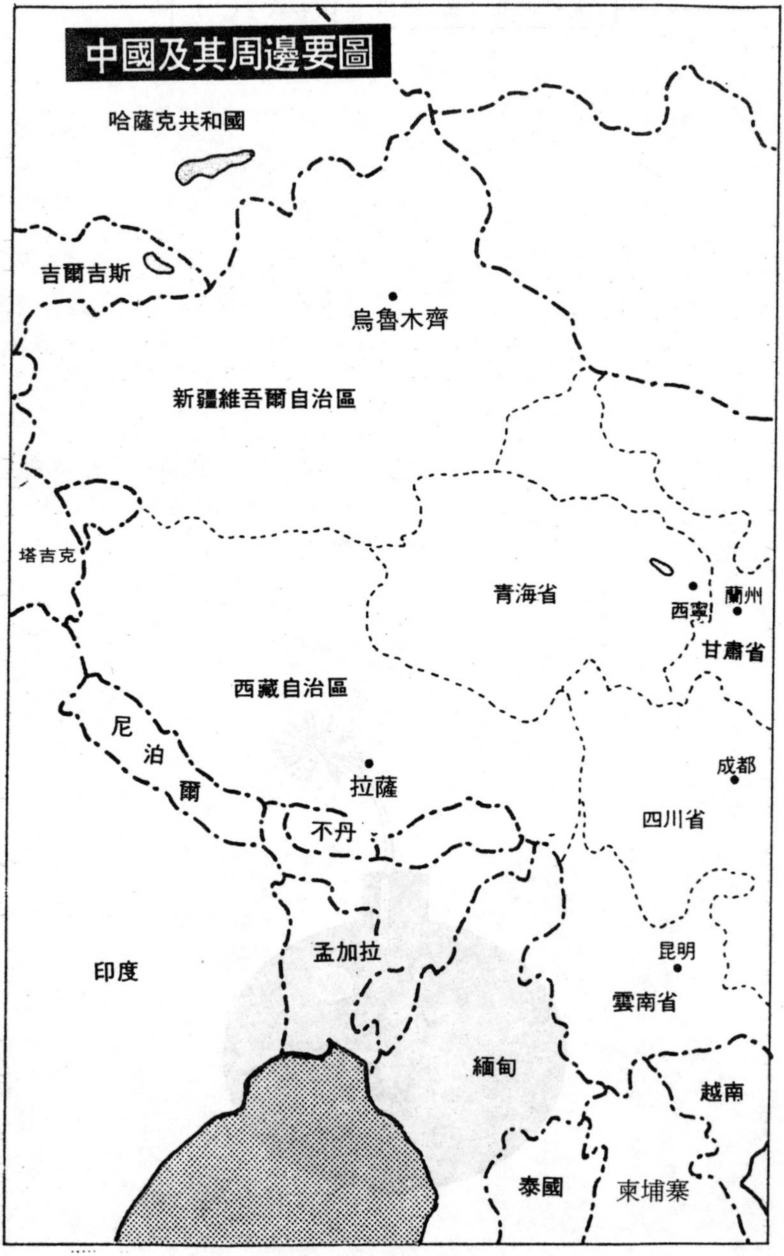
中國及其周邊要圖
哈薩克共和國
吉爾吉斯
烏魯木齊
新疆維吾爾自治區
塔吉克
青海省
西寧
蘭州
甘肅省
西藏自治區
尼
泊
爾
拉薩
不丹
成都
四川省
孟加拉
印度
昆明
雲南省
緬甸
越南
泰國
柬埔寨

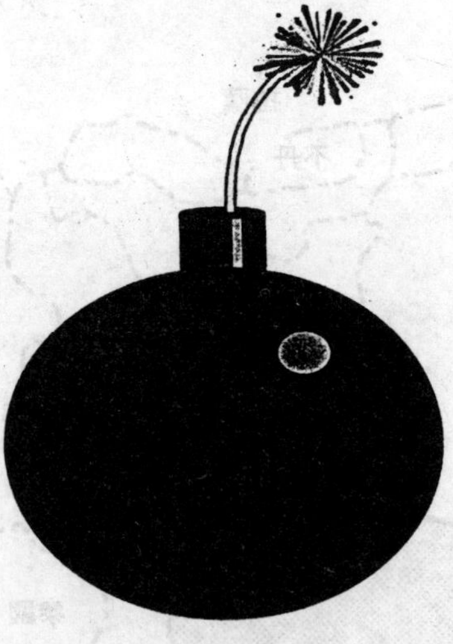

第一章　美國宣戰

1

新疆維吾爾自治區烏魯木齊市軍司令部參謀部　8月13日　一四〇〇時

垂掛在天花板的電風扇扇葉吹散了房間內的熱氣。門窗緊閉，屋中昏暗。劉小新並沒有擦拭流到額頭及脖頸的汗水，而只是看著參謀長手邊的東西。

「劉中校，你是頭一次被派遣到這個地方來嗎？」

參謀長莫上校從文件上移開了視線，看著劉小新。

「是的，頭一次。」

莫參謀長將骯髒的毛巾掛在脖子上，有時抓著毛巾的一端擦拭臉上的汗水。劉小新觀察莫參謀長沒有表情的臉，不知道他在想些什麼。

「你好像是非常優秀的參謀嘛！」

劉小新不知該如何回答而沉默不語。莫參謀長嗤鼻一笑，啪的闔上了文件。

「即使再優秀，這裡是邊境。和華南或華北的狀況完全不同。這裡雖然是中國，但已經不算是中國。你能瞭解這個意思嗎？」

「是的，我瞭解。」

「你瞭解些什麼？」

「在這裡我們是少數派，有多數派反政府分離主義者在此。」

「的確如此。我們漢人是少數派。這個地區的多數派是討厭中國政府統治的維吾爾人以及哈薩克人。但是，這些人無法自立建國，又拒絕我們的統治。本來是我們催促他們自立，幫助他們建國，他們反而恩將仇報。不需要原諒這些人，這一點你應該瞭解。」

莫參謀長似乎很生氣的說著。用蒼蠅拍，打死停在桌上的蒼蠅。

「總參謀部的賀堅上校指示你要觀察在這個地區發生的所有事態，想要聽聽你提出改善狀況的方法。你有什麼意見嗎？」

「我才剛上任，對於這裡的狀況不太瞭解。如果你要問我意見，我只能說出一些普通的道理。」

「說的也是。你很坦白。我也沒期望你能說出什麼意見。」

莫參謀長點了點頭，將文件夾放到書架上。劉小新不太高興的說道：

「不過，也許你會對我有些幫助。」

「哦！什麼樣的幫助呢？」

「我想聽聽這裡最新的狀況。」

「關於狀況嘛！老實說不太妙。我不知道蘭州軍管區參謀部傳達給中央的訊息是什麼，但是，狀況絕不輕鬆。雖然有八成的新疆維吾爾自治區內各城鎮及地區居民宣誓效忠中央政府，但是其他兩成卻不幫忙我們。不過，就算有八成城鎮及地區居民宣誓效忠也不能安心，我認為這只是表面，他們背地裡可能會耍一些陰謀，不能相信這些人。我想你們這些負責情報的參謀們應該很瞭解這一點吧！」

莫參謀長用下巴指指貼在後面牆上的新疆維吾爾自治區的地圖。

「你看看那個。」

看到與巴基斯坦及哈薩克等國交界的邊境地帶插了紅色小旗。

劉小新瞇著眼睛，看到一大群紅色小旗。

「紅色是反叛匪賊出沒地帶。紅色小旗密集的地區就是危險地帶。雖然我們派遣了人民解放軍討伐隊前往，但是無法締造成果。你還想要瞭解地方的現狀嗎？」

「我想到地方去考察一下。」

「很好。那麼你趕緊到最重要問題地區，去督促他們平定叛亂吧！」

莫參謀長拉開抽屜，拿出一封命令書。

「要到哪去呢？」

「伊寧。我方和反政府區在伊寧軍區陷入苦戰，因此，前些日子才剛投入一個武裝直升機和一個大隊的兵源。你飛往當地，觀察當地的狀況吧！」

「知道了。」

莫參謀長拿起筆，在命令書上寫了幾個字，然後簽名，最後交給了劉小新。

劉小新接過命令書，看著地圖。

伊寧。

就在距烏魯木齊西方五百公里處。接近哈薩克國境交界，在絲路的西端。

「好了。明天早上你就準備出發吧！回去了。」

劉小新立正，向莫參謀長敬禮。

莫參謀長輕輕點頭答禮。

2

新疆維吾爾自治區伊寧軍區　8月18日　一四〇〇時

沙漠中揚起滾滾沙塵，前後由輪動裝甲車守護的七輛運輸卡車的護送隊往前挺進。帶頭的兩輛是前蘇聯製BTR－70輪動裝甲車，而最後一輛也是BTR－70輪動裝甲車保衛著護送隊。

劉小新環視狹小的輪動裝甲車內部。八名全副武裝的士兵們神情緊張的坐著。幾乎都是匆忙徵兵而來的十八、九歲的預備役軍人。其中還有童稚未泯的少年兵。

率領護衛小隊的齊軍士長（准尉）很不高興似的坐在車上。

劉小新用毛巾遮著口，從小槍眼看著周圍褐色的丘陵地帶。沙塵從槍眼的小窗中鑽入內部。

前方是起伏的小山丘。前行的輪動裝甲車揚起如白煙般的土塵。高高拉起的天線上，掛著中華人民共和國的七星紅旗小旗。

劉小新從烏魯木齊基地搭乘定期的運輸機，在四天前到達伊寧郊外的空軍基地。

劉小新從伊寧軍區司令部參謀部的主任參謀那兒大致瞭解了當地的狀況。但是與在中央所聽到的戰況完全不同。

維吾爾人或哈薩克人的分離獨立運動愈演愈烈，政府軍只能控制點與線的主要都市與幹線道路。而且邊境的地方都市已經不受軍事控制，而是由反政府勢力統治的狀態。

司令員為了打破僵局，因此，強調只能增派投入中央軍。劉小新當場提出想要去瞭解反政府游擊隊的實態。

司令部最初面有難色，但由於看到劉小新意志堅強，因此允許劉小新視察現在最熱門的地點——第八巡邏隊警備地區。

第八巡邏隊的警備地區是在烏魯木齊市西方的位置，連結鄰國哈薩克與烏魯木齊的國道分布其間。沿著國道的城鎮經常遭受反政府游擊隊的攻擊，使得運輸路線柔腸寸斷。也派遣了數次討伐部隊，反而受到對方的埋伏攻擊或還擊，遭受嚴重的打擊。因此，增援部隊大半被集中派遣到這個第八巡邏隊的警備地區。

「中校，往窗外望時要小心哦！那些匪賊狙擊兵隨時都有可能發射子彈。」

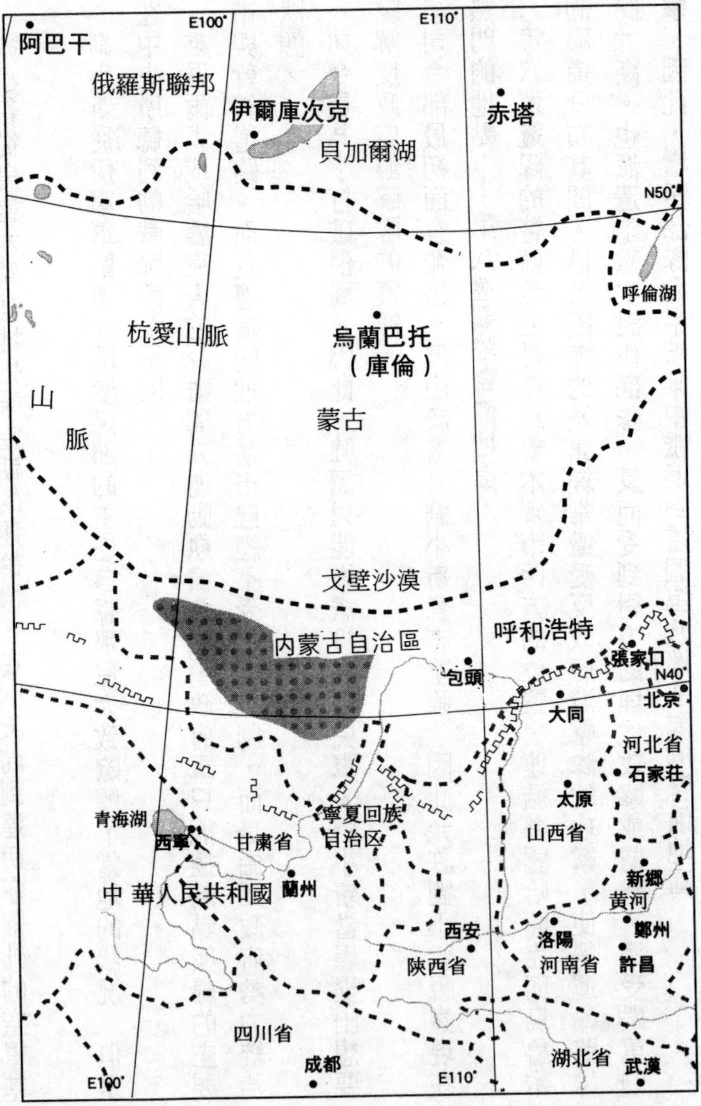
E100°
E110°
阿巴干
俄羅斯聯邦
伊爾庫次克
貝加爾湖
赤塔
N50°
呼倫湖
杭愛山脈
烏蘭巴托
（庫倫）
山
脈
蒙古
戈壁沙漠
呼和浩特
内蒙古自治區
包頭
張家口
N40°
北京
大同
河北省
石家莊
太原
青海湖
西寧
甘肅省
寧夏回族
自治区
山西省
新鄉
中 華人民共和國
蘭州
黃河
西安
洛陽
鄭州
陝西省
河南省
許昌
四川省
湖北省
成都
武漢
E100°
E110°

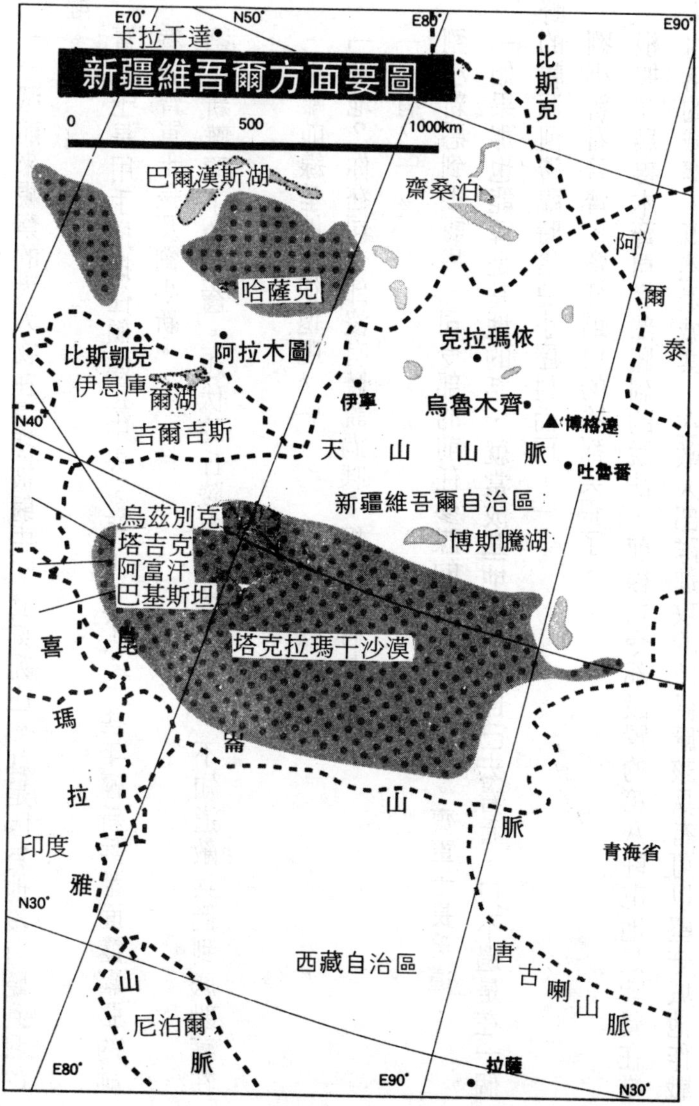
新疆維吾爾方面要圖
0
500
1000km
E70°
N50°
E80°
E90°
卡拉干達
比斯克
巴爾漢斯湖
齋桑泊
哈薩克
阿爾泰
克拉瑪依
比斯凱克
阿拉木圖
伊息庫爾湖
伊寧
烏魯木齊
博格達
N40°
吉爾吉斯
天山山脈
吐魯番
新疆維吾爾自治區
烏茲別克
塔吉克
阿富汗
巴基斯坦
博斯騰湖
塔克拉瑪干沙漠
喜瑪拉雅山脈
崑崙山脈
印度
青海省
N30°
西藏自治區
唐古喇山脈
尼泊爾
E80°
E90°
拉薩
N30°

齊軍士長就好像要讓新兵們都聽到似的，用比引擎聲更大的聲音叫著。

「一週前來視察的大人物在這裡被射中，立刻死亡。就是因為他沒有聽到我的提醒。」

齊軍士長用手指抵住額頭正中央，笑了一下。一些年輕新兵都面露緊張的神情，看著齊軍士長及劉小新。

劉小新離開了槍眼窗。起伏的丘陵有很多的岩石，不知道敵兵們到底躲藏在哪。

「距離前線基地還很遠嗎？」

「基地？你在司令部沒有聽說過嗎？根本沒有基地。」

「沒有？」

劉小新感到很訝異。司令部的前任參謀的確說過有基地。齊軍士長笑道：

「如果那也能算是基地的話，就當成基地吧！你自己去看看，只不過是在一個荒野的乾涸河邊臨時搭建小屋村而已。」

劉小新看著齊。齊紅銅色的臉都笑歪了。

根據在烏魯木齊司令部聽到的說法，前線司令部設置的第八駐屯地是紮營在當地人村落的城寨。既然是城寨，在敵人部隊進攻的時候應該具有可以堅守城池作戰的設施才對。而這個第八巡邏隊管轄區域是一個大隊規模的部隊，有七、八百人，不可能只有一個臨時搭建的小屋村而已。

劉詢問指揮官朱上士（士官長）。

「還要走多久才能到第八基地？」

「大概一小時吧！不過這是指沒有敵軍出現的時候。」

朱士官長看著齊軍士長，兩個人莞爾一笑。

「常遇到攻擊嗎？」

「是啊！尤其是運輸卡車的護衛隊，一定都載著武器彈藥或糧食，他們當然想要攻擊。而且這條路穿越山間，對方容易下手。」

新兵們都無法平靜下來，不斷地移動著臀部。

「小心點！敵人隨時都有可能會來，所以槍不能離手！」

齊軍士長鼓勵他們。

新兵們一致回答「是！」

「中校請看一下。不知道那些上面的人在想些什麼，連這些沒有受過訓練的小娃兒都被派出來當兵，如何能戰勝敵人呢？恐怕先死的就是這些新兵呢！真可憐吶！」

齊不禁嘆息起來。

劉小新想要安慰他時，突然聽到前方響起了爆炸聲。同時輪動裝甲車的車身劇烈撞擊在岩石沙土上。

劉小新因為這個撞擊而被摔到牆上。新兵們全都抱著戴著鋼盔的頭。

「地雷！指揮官！一號車踩到地雷！冒出火燄無法動彈！」

駕駛叫喚著。指揮官朱上士大叫「敵襲！」這時齊軍士長命令新兵們。

「各自從槍眼射擊！進行掩護！」

新兵們將衝鋒槍插入槍眼，開始應戰。突然一名新兵大吼一聲，跌倒在地。他的臉中彈，被鮮血染紅了。

劉小新跑向年輕新兵身旁，抱著他的頭。新兵立刻就死了。

子彈如雨般落在輪動裝甲車的裝甲板上，就好像用榔頭敲打似地，發出高亢的金屬聲音。

震耳欲聾的槍聲充滿整個車內，硝煙臭味同時撲鼻而來。

「不要慌張！敵人也很害怕，不敢接近我們。不要害怕敵人！」

齊一邊更換槍的彈匣，一邊鼓勵新兵們。劉小新也抓起死去新兵的槍，將槍身插入附近的槍眼，與躲在岩石背後的敵兵作戰。

「好好攻擊！不要浪費子彈。瞄準之後再射擊！」

齊軍士長以平靜的語氣命令。新兵們也都平靜下來，不再朝著黑暗中胡亂掃射，而開始找尋攻擊的目標。

圓頂的頂門打開，觀察前方狀況的指揮官回到車內大叫著：

「開車！不可以停在這裡！」

「一號車擋在前面，沒辦法開車。」

「先後退！突破旁邊，開闢道路。」

「了解！」

車身突然猛力後退，衝撞到後方的岩石。

「前進！將一號車推到山谷。不可以停在這裡！在這裡可能會遭受火箭筒（反坦克火箭彈）的攻擊！」

指揮官大吼著。聽到引擎發出高亢聲響。車身傾斜，開始往前奔馳。

堵在路上的一號車冒出黑煙燃燒著。車身斜擦過一號車旁往前衝出。但是一號車的車身與斜面之間非常狹窄，二號車的車身無法勉強通過。

絕對不能停在這裡，否則會遭到敵人的埋伏。要儘早脫離敵人集中砲火攻擊處，這是鐵則。

「撞它！」

指揮官大叫著。

輪動裝甲車再次用力衝撞過去。指揮官看著前面的窗戶命令著：

「用力推！把它推倒！」

引擎大吼著。燃燒的一號車火燄舔舐著二號車的車身。透過裝甲板傳來高溫的熱氣。

突然整個力量都放鬆，車身開始前進。

「通過了！」

「畜生！敵人可能在前方埋伏。」

待在機關槍座的吳下士（伍長）怒吼著。同時吳下士的機關槍發出高亢的發射聲。

「全體朝前方敵人射擊！」

齊軍士長大叫著。

輪動裝甲車開始往前猛衝。輪胎每次越過凹地或岩石時，車身就會大幅度傾斜彈跳。

「朱指揮官！趕緊向基地請求救援。」

「了解！」

指揮官握著通信機的麥克風，向基地通報。

「……中了敵人的埋伏攻擊。敵人的兵力不明。目前位置是……」

聽到轟隆的引擎聲，也響起了爆炸聲。敵人開始發射迫擊砲彈。

「中校，沒問題吧？」

軍士長大叫著。劉小新抓著扶手回答「沒問題」，同時忍耐不斷彈跳的車身，問道：

「敵人在哪？」

從兩側的槍眼可以看到山壁。道路則是沿著谷間底部延伸。

「應該是在岩石地上方。只要穿過這裡就可以到達台地，就有救了。」

這段話卻被敲打外壁的槍擊聲遮蓋住。持續聽到響天震地的聲音，周圍揚起了爆炸的土煙。迫擊砲彈不斷地落下。每次爆炸，車身都會激烈的搖晃。新兵和劉小新等人就好像被放在洗衣機裡面上下左右搖晃似的。

幾名新兵被摔到地面或牆壁。齊軍士長拉起跌倒的新兵。

「抓牢點！」

齊大叫著。機關槍突然停止了怒吼聲。機關槍手的身軀從槍座的圓頂落下。

「吳下士！振作點！」

劉小新抓住扶手靠近槍座。但是，機關槍手吳下士卻一動也不動。

吳下士的身體上有無數的彈痕，鮮血不斷的湧出。

劉小新爬上圓頂，用手握住機關槍手的手腕。但是已經沒有脈搏了。臉部一片血肉模糊。

「幫我把他放下來。」

劉小新抱住吳下士的手臂，打算把他從槍座拉下來。齊軍士長停止攻擊，抱住吳下士的身體，兩個人一起把他拉到車內的地上。

「盧列兵(二等兵)！趕緊爬上機關槍座應戰！」

「是！」

被稱為盧的年輕士兵停止射擊衝鋒槍，蒼白著臉靠向可以爬上圓頂的扶手。盧還是稚氣未脫的少年兵。

「等等，我到槍座去。」

劉推開了盧的身子，爬上圓頂的階梯。齊軍士長慌張的大叫著：

「中校！不可以！我去。」

「齊軍士長，你是這裡的指揮官，要負責指揮軍隊。這就交給我吧！」

劉從圓頂探出頭去。這時沉重的頂門中彈，彈跳起來。劉縮了一下脖子。

「中校！戴上這個！」

軍士長從下面將鋼盔遞給他。劉趕緊戴上鋼盔。

護送隊伍正穿過谷底。從兩側的丘陵可以看到無數槍砲的發射火燄。護送隊在槍林彈雨中拼命挺進。

帶頭的BTR—70輪動裝甲車一號車掉落山谷間，冒起黑煙，不知道還有沒有人生還。

二號車捲起滾滾沙塵，在砂礫的路上奔馳。背後的七輛運輸卡車同樣也揚起滾滾煙塵，在後方拼命追趕。

前方已經是上坡，只要越過這裡就是平坦的台地。劉期待這裡沒有埋地雷。

「快走快走！趕緊往前衝！」

劉握著機關槍的把手，抬起槍身，拉起焦黑的操縱桿。看到前方的岩石地有火光。

「畜生！」

手指叩動板機，開始發射。沉睡的一二・七釐米機關槍發出巨響，發射子彈。雙臂強烈震動。

曳光彈拖著白煙尾被吸入敵軍躲藏的岩石地。一二·七釐米彈丸的彈帶發射時，曳光彈也從彈藥箱中飛出。

聽到背後激烈的爆炸聲。

劉回頭一看。後面的卡車已經爆炸，而且駛離道路，撞上大岩石。橫倒下來，冒起黑煙，霎時就被火燄包圍。受到敵人迫擊砲彈的直接攻擊。

劉咬著嘴唇。後續卡車從黑煙中陸續跟了過來。

「趕緊掩護！後續的車子被幹掉了！」

劉大叫著，機關槍朝向丘陵的尾端。右側的丘陵開始產生激烈的槍擊。劉發射機關槍彈，尾端冒起著彈的煙塵。

輪動裝甲車終於爬上坡道。輪動裝甲車在台地上朝右邊急速旋轉後停止。劉從圓頂探出頭來，環視台地。

這時從台地的岩石地拉出一條火線，敵人從岩石背後一齊射擊。迫擊砲彈打在周圍的地方。

「後退！後退！」

朱指揮官大叫著。

原本已經到達台地上的輪動裝甲車，只好發出引擎聲，繼續後退。

「準備下車戰鬥！」

齊軍士長下達命令。士兵們將槍從槍眼拔出，準備下車戰鬥。在軍士長的一聲令下，一名士兵推開了車身側邊的門。

「朱上士！你負責指揮車子！交給你了。」

「了解。」

朱回答。

「中校，掩護我！」

齊軍士長大叫著。扛著槍，帶頭滾到外面。士兵們也跟著滾了出去。

劉將機關槍對準周圍的岩石地開始掃射。後續的卡車與最後的三號輪動裝甲車也進退不得。

滾到車外的士兵們在岩石地散開，準備應戰。最後的三號車士兵也滾了出來，在岩石地散開。

指揮官也從指揮官用圓頂探出身子，用輕型機關槍狙擊敵兵。

迫擊砲陸續著彈，周圍的槍擊愈演愈烈。槍彈集中在圓頂的防禦板及頂門上。

「三點的方向。火箭筒！」

聽到朱指揮官的叫聲。劉立刻將機關槍槍口對準三點的方向。可以看到岩石背後有肩上扛著反坦克火箭RPG－7的人影。火箭朝著劉等人的輪動裝甲車。

「哦！」

劉大叫著發出怒吼聲，繼續扣下機關槍的扳機。曳光彈繼續朝向火箭筒兵飛去。

敵兵的反坦克火箭發射了。幾乎在同時，一二·七釐米機關槍彈也擊中了躲在岩石後的敵兵。

輪動裝甲車不斷搖晃的往前挺進。拖著白煙尾的反坦克火箭飛翔而來。火箭擦過輪動裝甲車的後部裝甲板的表面，飛到車身的後方，擊中山谷斜面的岩石，與岩石一起粉碎爆炸。

劉持續掃射機關槍。槍身被燒成紅色。突然停止了機關槍的發射。

難道是卡彈嗎！

原來是子彈射完，彈帶停止了。

似乎就在等待這個時刻似的，這時自動步槍與輕型機關槍的子彈從前方的岩石地掃射而來。劉立刻縮回圓頂中，抱起腳邊的彈藥箱，推到圓頂外。更換彈藥箱，拉出新的彈帶。

「畜生！隊長被幹掉了！」

聽到士兵們的聲音。劉從圓頂探出頭，眼睛看著聲音傳來的方向。負責指揮的齊軍士長頭部中彈倒地。士兵們拖著他的身子，躲到岩石後面。

迫擊砲彈陸續在周圍炸開。後方的一輛卡車受到迫擊砲的直接攻擊，車的碎片和岩石紛紛落下，劉趕緊從圓頂縮回車內。

「裝甲車前進。」

劉對著朱指揮官大叫著。朱指揮官也大聲說道：

「前進會受到攻擊。會成為火箭筒的攻擊目標。」

「待在這裡只會全軍覆沒。反正都是一死，還不如正面突破。也許能殺出一條生路！」

「這個運輸隊的隊長是齊軍士長，沒有齊隊長的允許不可以前進。」

「齊軍士長已經死了。朱上士，你是這個隊的遞補指揮官。你代替齊指揮官負責指揮。責任由我來擔。不可以讓下車戰鬥的士兵們白白送死！」

下車戰鬥的士兵們因為遭受敵人的猛烈射擊而躲在岩石後面，無法動彈。士兵們一個個染紅了鮮血，跌倒在地。

代替齊軍士長的分隊中士（士官長）拼命鼓勵士兵們，但是他們已經失去了士氣，只能夠保護自己而已。

狀況非常慘烈。劉大叫著：

「幹嘛還在這兒磨磨蹭蹭的！趕快出動裝甲車，衝入敵陣中！」

朱指揮官原先有點迷惘，但還是下定決心，點了點頭。

「好。試試看吧！三號車、三號車，聽得見嗎？」

指揮官對無線機說話

『這是三號。二號怎麼回事？無法前進嗎？再這樣下去怎麼得了。』

「齊隊長死了。現在由我負責指揮。我們兩輛車要嘗試正面突破。開到前方去。」

『了解。我會跟著你！』

「二號車先出動。三號車掩護。」

『了解、了解。走吧！』

聽到三號車指揮官的回答。

引擎聲再度響起。三號車穿過卡車旁的斜坡，跟在劉等人的二號車後面。

『三號，跟過來。』

劉從圓頂探出頭來，對著散開的士兵們大叫：

「準備突擊！衝啊！」

「了解！你們聽到了嗎？隊長的仇一定要報。衝啊！衝啊！」

分隊中士大吼著。

迫擊炮彈在周圍連續炸開。第三輛卡車的貨台爆炸，駕駛從破碎的擋風玻璃中滾了出來，被鮮血染紅了。而另一輛卡車也中彈粉碎。

「指揮官！一定要在下一個迫擊砲落下之前突擊，否則會受到攻擊。」

劉催促著指揮官。

「好。突擊！」

朱指揮官下定決心似的怒吼。駕駛大叫著。輪動裝甲車大幅度彈跳，同時爬上台地，開始往前衝。

「發射煙幕彈！」

朱指揮官大叫著。煙幕彈火箭筒發出砰砰的聲音，發射了多枚拖著煙尾朝著前方飛出的煙幕彈。三號車也將煙幕彈投射到前方，前方張開一片黑色煙幕。

劉握住機關槍把手，盡量不讓槍身燒起來，同時扣著扳機在煙幕中掃射。這時三號車揚起滾滾煙塵衝了過來。

此刻車身前部車輪附近閃過一道白光。轟的一聲爆炸，車身翻了過來。握著機關槍把手的劉受到波及，從圓頂被彈了出去。劉的頭部和背部受到猛烈撞擊，痛到無法呼吸。但還是忍著不斷滾動，逃到岩石之間。

翻覆的輪動裝甲車冒出火燄及黑煙。這時聽到機關槍連續掃射的聲音，三號輪動裝甲車往前挺進，衝進煙幕中。

劉脫掉頭上的鋼盔。鋼盔撞到岩石，凹陷了一大塊。如果沒有這頂鋼盔不知道會怎樣？劉嚇得冷汗直流。每次移動身體時，就覺得背部肋骨附近產生劇痛；骨頭可能裂了。

輪動裝甲車打開了側門，朱指揮官和駕駛並不打算逃走。劉拔出了腰間的手槍。這時在煙幕另一端的輪動裝甲車的機關槍響起，也發動了引擎。三號車好像還要繼續奮戰似的。

下車的我方士兵全都扛著槍，放低身子，朝這裡衝了過來。士兵已經減少到剩下七、八人。

劉舉起一隻手告訴中士自己所在的位置。中士很快就察覺，躲入劉旁邊的岩石背後。士兵們也陸續在周圍散開。

「中校！你受傷了嗎？」

年輕中士問道。

「沒關係。狀況如何？」

「剩下七名士兵、兩輛運輸卡車。」

「有沒有無線機?」

「通信兵!」

中士大叫著。這時背著通信機的士兵從附近的岩石後面跑到劉身旁。

「要求基地派遣救援隊。告訴他們現在的位置。」

「知道了。」

通信兵打開無線機，不斷的呼叫基地。在煙幕中聽見三號車發出轟隆聲，倒退了回來。後部引擎部分冒出火燄。看來是被汽油瓶擊中燃燒。

「到這裡來!」

「這裡!這裡!」

士兵們大叫著，揮手招呼。

三號輪動裝甲車打算逃過來，但突然冒著白煙的反坦克火箭衝向輪動裝甲車。

接下來的瞬間，輪動裝甲車大爆炸，衝到岩石上無法動彈，車身裂成兩段。大家都愕然的看著這一幕。

背後響起高亢的引擎聲。終於有兩輛運輸卡車爬上台地，揚起滾滾煙塵奔馳而來。兩輛車都平安無事。

「掩護！」

「盡量射擊！」

劉和中士同時大叫。士兵拿著衝鋒槍向敵人掃射。卡車彈跳，貨台激烈搖晃，往這兒衝了過來。

前方的岩石地立刻有機關槍及自動步槍掃射過來。同時有火箭筒飛向卡車的正面。

卡車前部粉碎，停了下來。載運的炸藥被點燃，引起爆炸。

剩下的一輛看到這種情況突然停下車來。士兵從駕駛座滾了出來。駕駛沿著岩石後面慢慢地跑到這裡來。

「發射擲彈筒！」

中士下達命令。擲彈筒兵發射附在槍上的擲彈筒。

數枚擲彈冒起白煙，飛向敵人處。

擲彈在敵方陸續爆炸。煙幕漸散，可以看見敵人躲藏的岩石地。

槍聲停止了。

「分隊長！沒子彈了！」

「我們也沒子彈了！」

士兵們發出哀嚎聲。中士怒吼著，拔著彈匣，取出子彈。

各自報告剩下的子彈數目。

「十一發」「五發！」「二十三發」「零！」

聽到此起彼落的回答聲。

「沒有子彈的人舉手。」

有幾個人舉起手來。

「接著！」

中士將拔出的子彈扔給沒有子彈的士兵們。

「如果你們被抓就糟了。絕不能被活捉為俘虜，否則會像羊一樣活活被剝皮，凌遲至死。所以一定要留下最後一發子彈！沒有子彈就用手榴彈自殺吧！」

士兵們不發一語。前方的敵人已經從岩石背後開始移動。

「中士！後面有敵人！」

「左邊岩石地看到敵人。」

「右邊也有。」

「畜生！竟然從四面八方包圍過來。」

士兵們感到非常不安。劉不斷的詢問正在通信的通信兵。

「救援還沒到嗎？」

「無法與基地取得聯絡。怎麼呼叫都沒有回答。」

「萬事休矣。」

劉對中士說著。

中士蒼白著臉看著劉。

「中校，請你也有所覺悟。尤其是將校更會受到這些人的嚴刑拷打。」

「我知道。我一定會留下最後一發子彈。」

劉抽出手中手槍的彈匣，數了子彈的數目之後再放回彈匣，拉起滑片。

「中校，真是抱歉。沒能將你送到基地。」

中士將彈匣裝回衝鋒槍，很抱歉似的說著。預備彈匣也已經用完了。

「這不是你們的責任。只是我的運氣不好罷了。中士，我還沒請教你的名字呢！」

「我是尹維仁中士。」

「我記住了。我是劉小新。」

「我知道。」

尹中士笑了起來。

「你是在中央舉起反旗的民主革命將校團的一人嗎？真希望你能夠活著看到這個地區的慘狀，然後回去。」

「為什麼這麼說呢？」

「反正已經無法獲救了。我要說這場戰爭是錯誤的。」

「錯誤的？」

「我們佔領維吾爾人的土地，這是違反民族自決原則的做法。他們不是漢民族，應該要承認其民族自立。我們漢民族沒有將維吾爾族人的地區當成殖民地來統治的權利。因為錯誤的目的，使得漢民族的年輕人無謂的犧牲了生命。希望你能對中央政府說這是不對的。」

尹中士認真的看著劉。劉陷入沉思中。

「敵兵接近！」

「要等到敵人接近後再射擊。反正都是一死，也要殺了他們之後再死。」

尹中士怒吼著。這時對方又開始一起射擊。

劉躲在岩石背後，看著接近的敵人。跳彈擦過臉頰，子彈擊中附近的岩石彈跳了起來。

敵兵從四面八方湧了過來。全軍覆沒只是時間的問題而已。

劉已經覺悟了。但從未想過自己竟然會死在邊境。

劉想起了父母、弟妹。想到在廣州市遇到的美麗胡英中尉。還想再見她一面。不知道她現在在哪裡？做些什麼？

「射擊！」

聽到中士的聲音。

周圍的士兵們從岩石後面開始一起射擊。敵人則以將近一倍的子彈回敬。

劉將手槍對準敵人，一邊數著發射的子彈數目。終於子彈只剩最後一發了。

「中校，這給你。」

尹中士給他一個手榴彈。劉接過手榴彈，拔掉保險。這時同志士兵們也都準備好刺刀。

「準備肉搏戰！」

中士大叫著，拔掉手榴彈的插銷。突然聽到劃破長空的聲音，敵軍附近的岩石地陸續有迫擊砲彈炸裂。敵人陷入慌亂中。劉愕然的看著岩石地。

台地上一些黑色的飛鳥飛過頭頂。鈍重的機身Ｍｉ－８武裝直升機發出轟隆的螺旋槳聲在天空飛翔。機關砲對準敵人所在地的岩石地掃射。

Ｍｉ－８直升機一架一架的飛過來，不斷的用火箭砲轟炸敵人，在各處引起爆炸。

周圍的敵人全都潰散，逃向山谷間。而機關槍也毫不留情的向該處掃射。引擎聲在谷間迴響。

「中校！在那裡。」

尹中士用手指著台地前端。看到先前還有敵人埋伏的岩石地後面，有幾輛輪動裝甲車與步兵裝甲車揚起滾滾沙塵出現了。

「是同志！」

在上空盤旋的Ｍｉ－８武裝直升機在山谷間急降多次，用機關槍掃射敵人。

「獲救了！」

士兵們非常高興的跳了起來。

「中校，和基地取得聯絡了。」

通信兵大叫著。尹中士接過通話器。聽到通信司令的聲音。

『呼叫運輸隊司令，呼叫運輸隊司令。已經派遣救援隊到你們那兒去了。聽到了嗎？』

「聽到了。救援隊已經到了。」

『齊隊長呢？』

「齊隊長已經戰死。代理隊長的是尹中士。」

『報告損害。』

尹中士對著通話器大叫著。

「戰死，失蹤者二十六名。受傷者目前未確認，約為十幾名以上。七輛運輸卡車及三輛輪動裝甲車全部遭到敵人破壞。」

『客人沒事吧？』

「劉中校平安無事。」

尹中士看著劉小新笑了起來。

聽到轟隆聲在上空響起。一架運輸直升機Mi－8準備著陸。強風從頭上掠過，陽光非常耀眼，劉用手擋住太陽。

直升機機身旁的門打開了。一名將校探出頭來俯看著下方。Mi－8直升機吹起滾滾沙塵，降落大地。

劉背對著飛過來的沙塵。螺旋槳的旋轉聲音逐漸穩定。

先前探出頭的將校從打開的門扉跳了下來，開始發號司令。十幾名全副武裝的士兵扛著槍，從飛機上陸續跳了下來。

「劉中校在哪？」

跳下來的將校大叫著。將校長了滿臉大鬍子。劉依然握著手榴彈，站了起來。

「我在這。」

「我來接你。」

將校用手拍拍野戰服的灰塵，大跨步的走了過來。來到劉面前時向他行舉手禮。衣領上別著陸軍上尉的階級章。

「你沒事吧！太好了。我是韋乾上尉。這裡就是伊寧軍區。」

韋上尉摸摸大鬍子來迎接劉。劉凝視著韋乾上尉。看他的樣子，一看就知道是漢人和維吾爾人的混血種。劉向他答禮。

「關於上尉的事情，我從成都軍區司令員丁善文將軍那兒聽說過了。丁將軍問候你。」

「我接到丁將軍的電報。劉中校對我軍而言是重要的參謀，聽說你要來視察這個地區的狀況？」

「就拜託你了。」

「看到我，你很驚訝吧？我的確不是純種的漢人。因此，我比任何人都瞭解這個地區的情況。」

韋乾上尉笑著，指指運輸直升機。

「有話回基地再說吧！這裡是危險地帶。請搭乘那輛直升機，我帶你到基地去。」

3

華盛頓DC·白宮會議室　8月17日　東部標準時間二三時五十分

空氣清淨器全力運轉，但是卻沒有辦法驅走房間內的煙味及熱氣。

會議室雖然禁煙，但包括總統哈瓦德·辛普森在內，國防部長漢斯及國務卿吉布森等主要閣僚都是喜歡抽煙的人，因此在會議中漸漸的就允許吸煙了。

召開緊急國家安全保障會議已經經過了一天。會議迎向要開戰還是要靜觀其變的總結論。

統合參謀本部議長尼爾·傑克森，最後陳述軍部的見解。

「統合參謀本部認為即使現在集我國與同盟國所有的戰力與中國全面戰爭，有可能會變成長期持久戰，聯合國方面不見得能夠獲勝。當然如果動用核子武器，徹底破壞中國深部，擊潰他們的持續戰爭意志也不錯。但是這樣付出的犧牲太大，也有可能遭到中國軍隊的核武反擊，不能掉以輕心。不僅我國，還有同盟國台灣、日本都會蒙受極大的犧牲。因此，對中戰爭只限於短期限定的戰爭，而戰爭目的也要加以限定。」

統合參謀本部議長傑克森看著國務卿吉布森。

「問題是要進行短期、限定的戰爭，應該如何設定戰爭目的？當然依戰爭目的的不同，作戰及戰略也不同。這不能由我們統合參謀本部來策定，而應該由總統及國務卿來決定的。我只能提出建議。」

「應該如何制訂戰爭目的的問題，就請國務卿吉布森來說明吧！」

總統辛普森催促國務卿吉布森發言。當國務卿吉布森正想要說話的時候，國防部長漢斯面露不愉快的神情，將吸過的香煙捻熄在煙灰缸中，大聲的說道：

「總統，我以前就說過，應該斷然對中國猛烈一擊。我們一直尊重中國的面子，在猶豫不決的時候，中國已經進軍台灣，擊潰台灣政府軍。琉球與九州也遭受導彈攻擊。所以，我認為應該要將中國軍事政權徹底擊潰才對。」

「國防部長的說法也是一種選擇。不過我認為還是必須妥協到某種地步才行。即使不能夠滿意的解決問題，但應該會有比現在更進步的狀況發生。否則如果我國深陷戰爭的泥沼中，恐怕無法自拔，到時就糟糕了。問題正如先前統合參謀本部議長傑克森所說的，戰爭要進行到什麼地步為止？攻擊的限定範圍在何處？何時必須收手？我們必須要考慮這些問題才行。戰爭通常都沒有考慮到最後結束的方式而拼命作戰。像越戰就是很好的例子。到時候被拖入狀況當中，恐怕就無法收拾殘局了。我想議會也不會同意長期戰吧！如果想要獲得什麼，就應該要決定停止戰爭，那才是真正的勝利。」

辛普森總統將秘書官拿來的維他命及阿斯匹靈放入口中，用咖啡送服。國防部長漢斯反駁說道：

「總統，雖然你這麼說，但是限定戰爭是無效的。一旦開始戰爭之後，就必須徹底擊潰對方，讓對方屈服才行。必須要避免像波斯灣戰爭及科索夫紛爭的情況。波斯灣戰爭的教訓就是，限定戰爭是無法打倒獨裁者。要打倒獨裁政權，不能光是用飛機轟炸的方式，最後還要讓地面部隊進攻，擊潰海珊政權，才能解放伊拉克國民。同樣的，對現在的中國也是如此，必須一舉攻擊北京，促使現在的社會主義政權瓦解。否則也無法獲得勝利。我認為統合參謀本部議長傑克森未免太軟弱了。」

統合參謀本部議長傑克森，面露困惑的表情看著國防部長漢斯，並沒有提出反駁。

「真糟糕。國防部長與統合參謀本部議長的意見完全相反。」

辛普森總統莞爾一笑的說道：

「那麼國防部長漢斯，你打算怎麼做呢？」

「最好的方法就是丟一顆原子彈到北京，消滅北京政府。」

出席者霎時全都屏氣凝神。會議室一陣沉默。

國防部長漢斯看著與會者。這時總統特別輔佐官巴納德•格里菲斯打破沉默說道：

「這麼做會引發核子戰爭。即使支持我國的同盟國或國際社會都不可能坐視不顧。如果我國率先使用核武的話……」

國防部長漢斯舉起手，制止輔佐官格里菲斯發言。

「我知道。我知道你想說什麼。所以雖然我想這麼做，也無法把核子武器送到北京去。」

大家都鬆了一口氣。

「但是，要表現出如果北京方面使用核武，我們也不惜動用核武的姿態。事實上，的確要做好隨時都能讓北京及主要都市遭受核武攻擊的準備，而且要採取公然準備應付核武戰爭的備戰態度。只要我們認真表現出這種態度，就可以制止北京動用核武。否則北京到底會發狂到什麼地步就不得而知了。」

辛普森總統用力點了點頭。

「國防部長漢斯說得很對。關於這一點，我想統合參謀本部議長傑克森也想到了。是吧！統合參謀本部議長。」

「是的。為了防範北京先發制人使用核武，戰略空軍、戰略核子潛艇、戰略導彈部隊一定要採取緊急戰鬥態勢，隨時都可以利用核武反擊。」

「此外，為了避免引發全面核武戰爭，必須要進行限定戰爭，擊潰中國的霸權主義，維持和平。我想聽聽國務卿吉布森及傑克森的說法。如果大家有什麼異論，待會再說。國務卿你先說吧！」

國務卿吉布森將文件拿在手上，開始說道：

「即使想要避免全面核武戰爭，進行限定戰爭，但是依目標的戰爭目的不同，限定戰爭的性格與範圍也有很大的不同。總共有四種選擇。

一、目標是破壞北京軍事政權，創造新的民主政權。

二、就算不能打倒軍事政權，也要削弱其軍事力或經濟力，使中央的統治力減弱，促進中國各地分離獨立，使中國分裂為數個獨立國家。結果就能撤回中國的霸權主義。

三、遏止北京軍事政權的擴張主義，承認台灣獨立，從琉球群島開始出手。不光是執著於讓中國分裂為幾個獨立國家。

四、全都要回到台海戰爭以前的狀態，讓他們停戰。

到底要選擇以上哪一項做為戰爭目的呢？」

「國務卿吉布森，你認為應該要選擇哪一個戰爭目的呢？」

「我認為應該以二當成目的。只要使得中國軍事政權弱體化，包括台灣、西藏自治區、新疆維吾爾自治區等各地方分離獨立。只要中國分裂，沒有辦法成為大國，就無法採取霸權主義政策。到時不光是我國，對於同盟國日本或台灣而言，中國都是可以令人安心的國家。」

國防部長漢斯很不滿的說道：

「我認為應該以一為目的，二的目的太溫和了。而三、四的目的標準訂得太低了，如此一來為什麼而辛苦就不得而知了。如果要以四為目的，那麼以往付出的犧牲就白費了。台灣政府也絕對不會允許的。」

辛普森總統看看大家。然後看著強硬派的特別輔佐官邁亞・耶爾茲巴克。

「邁亞，你有什麼想法？」

「我認為應該以二為目的。考慮到將來的二一世紀，必須趁現在讓中國分裂，使其勢力減弱，否則中國會成為在遠東掌握霸權的超大國。不光是周邊的亞洲諸國，對於我國也會形成重大的威脅。要趁其嫩芽還未成熟前趕緊摘除。所以一的戰爭目的具有魅力，但是可能會干涉中國內政問題。民主化應該由中國國民來決定，身為外國的我國，沒有辦法取代現代政權為他們樹立政權。如果以一為目的發生了北京軍事政權瓦解的事態，那就糟糕了。可以在暗地裡策劃軍事政權瓦解的工作，但是直接揭示其為戰爭目的並不妥。因此，我認為應該以第二項當成戰爭目的。」

辛普森總統看看閣僚們。溫和派的總統特別輔佐官巴納德·格里菲斯好像想說什麼似的舉起手來。

「巴納德，你有什麼意見嗎？」

「是的。我認為應該以三當成戰爭目的。」

輔佐官格里菲斯將眼鏡往上推。

「哦！為什麼呢？理由是什麼？」

「二的目的與一相同，會使我國陷入戰爭的泥沼中。現在應該要讓台灣獨立及維護日本防衛。只要這樣做在歷史上就能留下戰勝的史蹟。戰爭是由哪一方採取主動呢？想要停止戰爭時就能停止戰爭。掌握戰爭的主導權非常重要。如果是以三為目的防衛台灣與日本，隨時都可以停止戰爭。但是，如果以二為目的來進行，就算想終止戰爭都無法辦到。反而會由中國取得主動權。我國在中國分裂之前，一定要覺悟到可能會陷入長期戰爭中。中國也是大國。戰爭目的訂得太低，當然很容易達成。訂得低一點並不見得是輸。戰爭是以獲勝為最大目標。」

辛普森總統點頭說道：

「說的也對。標準訂得太低嗎?統合參謀本部議長傑克森，你反對巴納德的意見嗎？」

「不。我也贊成輔佐官格里菲斯的想法。」

「哦！」

辛普森總統似乎感到很意外似的。

「假設以二當成戰爭目的，這時的攻擊作戰有以下的方式。

首先就是我國太平洋艦隊或日本海上自衛隊的戰力用來擊潰中國的遠洋艦隊。將中國的遠洋艦隊封鎖在大陸的沿岸部，就能夠防止中國軍隊侵略琉球群島或台灣、日本。即使北京想到一些對外侵略的方法，但是成為手腳的海軍一旦被擊潰，就沒有辦法往外發展。同時在日本、琉球集中空海、海軍的航空戰力，將中國軍隊打到體無完膚的地步，就能封住他們來自空中的侵略。也就是說，在陸海空方面要展開將中國封鎖在大陸內的作戰。」

「說的也對。然後呢？」

統合參謀本部議長傑克森繼續說道：

「同時中國各地陸海空的軍事基地、導彈基地、軍事設施、武器產業、戰略工業設施、原油儲備設施、石油相關設施、化學工廠等都可以當成軍事目標，連日進行大量的巡航導彈攻擊，徹底加以破壞。這樣就能夠減弱中國持續作戰的能力及意志。但是，如果像以前的北越或伊拉克一樣，即使再怎樣猛烈轟炸，他們依然能忍耐的話，該怎麼辦呢？」

「嗯。」

辛普森總統沉思了一下。

「我方不能先動用核武，所以中國不會受到致命的打擊。他們只要長期忍耐就可以了。就像越戰一樣，到時也許我國的反戰情緒會高漲。而且中國方面隨時都可以用核武反擊，或是提出中止戰爭的要求。可能會透過中立國提出和平的建議，到時戰爭的主導權就會全都掌握在中國方面。」

「有沒有打破的方法呢？」

「要動用核武，否則就是要將大規模陸上兵力投入中國本土，進攻北京。」

「不能動用核武。而投入大規模的地面部隊也是不可能的。這樣一來會引發大戰，國民絕對會反對的。」

辛普森總統搖搖頭說道。

「也就是說，我國沒有最後關頭的必要王牌，全都要等對方自行瓦解才行。但這樣並不是戰爭目的。如果一味追求二的目的，我國必須持續對中國進行轟炸或導彈攻擊。為避免發生這種狀況，必須由我國掌握主導權，隨時都可以停止戰爭。」

「的確如此，一定要由我國取得主導權才行。」

辛普森總統想了一下。

「但是，如果戰爭目的是以二為主，讓中國分裂的政策應該怎麼做呢？難道要停止背地的工作嗎？」

國務卿吉布森不滿的說道：

「不可以。我一向主張應該促使中國各地分離獨立，只要中國分裂為幾個小國，就可以抑制中國的霸權主義。因此，應該以第二項目的為主。」

「我並不是說不要幫助中國分裂。」

輔佐官格里菲斯要求發言。

「你的意思是什麼呢？巴納德。」

「總統，我認為應該要區別戰爭目的與戰略目標。對中戰爭應該是以三的戰爭目的為主，一與二的目的當成長期的戰略目標。即使沒有達成一或二的戰略目標，只要達成三的目的就可以撤兵。」

「的確，因為目的已經達成了。說的沒錯。」

辛普森總統點了點頭。國務卿吉布森也表示贊成。

「既然如此，我也贊成輔佐官格里菲斯的想法。但是如果以三當成戰爭目的，不能打倒中國的軍事政權，那麼從台灣、琉球群島撤退的階段必須採用和平停戰的方式。這時就要考慮要由誰來擔任和平工作。」

「也就是說，要擁有越戰時法國這樣的調停者。」

「而且要在還沒有逼迫北京到無法收拾的地步，就要由和平調停者出面。過度逼迫中國反而危險，會讓他們自暴自棄，成為引發核戰的導火線。因此，不管是利用空中轟炸或導彈攻擊來封鎖大陸，雖然能夠減少中國的軍事力，但還是要請求中立國進行斡旋的和平工作。將中國政府拉回交涉空間，同時也讓他們從台灣、琉球群島撤兵，實現和平的目的。」

辛普森總統看著國務卿吉布森。

「吉布森，你認為應該由誰來擔任這一項和平工作呢？」

「俄羅斯最適合。俄羅斯是中國的鄰國，對戰爭的擴大不可能不關心。也許會害怕戰爭之火波及到自己的國家吧！」

「俄羅斯會不會要求和平調停的回饋呢？俄羅斯最喜歡攻擊他國的弱點。他們對於新疆維吾爾自治區及滿洲共和國的獨立也深表關心。俄羅斯可能會希望我們承認將這些國家納入他們的支配之下。」

國務卿吉布森面露難色。國防部長漢斯也點頭說道：

「這時我們只要說那就把華南與台灣交由我們統治就好了。」

「這麼做的話，就像是我國與俄羅斯重新分割中國一樣。這種政策會成為一種帝國主義，造成世界性的反彈。身為自由主義國家，卻把他國當成殖民地，這不是一種時代錯誤的做法嗎？」

「雖說如此，但是，俄羅斯卻是一個如果得不到好處絕對不會輕易展現行動的國家。」

辛普森總統笑著，插入國務卿吉布森與國防部長漢斯的談話中。

「還沒有到達那個階段，你們兩個怎麼就探討起這個問題呢？」

「說的也是。」

國務卿吉布森與國防部長漢斯相視苦笑。

國務卿吉布森看著辛普森總統。

「總統，你認為戰爭目的應該是哪一個呢？」

「你要做決定啊！」

國防部長漢斯也看著辛普森總統。辛普森總統詢問統合參謀本部議長傑克森。

「統合參謀本部議長傑克森已經做好開戰的準備了嗎？」

尼爾·傑克森以謹慎的態度說道：

「已經準備好了。只要總統下令，就可以發射七艦或戰略核子潛艇部隊的巡航導彈。」

「很好。」

辛普森總統滿臉笑容，站了起來。

「我以三當成戰爭目的，對中戰爭就要開始了。這一次也意味著要向敵人討回擊沉我方驅逐艦『歐布萊恩』的公道。將開始對中戰爭的作戰名稱命名為『歐布萊恩作戰』。國務卿吉布森，你正式通知中國大使，說我們要向中國政府宣戰。請北京大使館員及各地的領事館員全部撤回。」

「是的。了解。」

「統合參謀本部議長立刻對全軍下達命令，進入備戰狀態。是開始戰鬥的時刻了……」

辛普森總統看著掛在牆上的鐘。時針已經指向深夜的一點。

「一小時後的凌晨二時召開記者會，向全世界呼籲，同時對北京政府宣戰。當然也要送他們彈道導彈。要讓北京政府所有的軍事設施嘗嘗巡航導彈的滋味。」

「總統，這個決定我想應該要用熱線電話聯絡同盟國英國政府與日本政府吧！」

國務卿吉布森提出建議。總統辛普森點頭說道：

「那麼也通知俄羅斯總統與台灣的李登輝總統吧！」

「知道了。我來安排。」

辛普森總統看著總統發言人楊格。

「楊格，準備召開記者會。我自己來唸稿子。以臨時新聞的方式向國民宣告對中國開戰。」

「立刻召開記者會。」

總統發言人楊格拿起行動電話，按下按鍵，對著話筒大叫：

「總統要對國民宣布重大消息，趕緊安排記者會。」

4

東京·總理官邸總理辦公室 8月18日 下午三時二十分

青木外相慌慌張張的跑進辦公室。這時內閣官房長官北山與內閣安全保障室長向井原已經在辦公室裡了。濱崎首相面色凝重的坐在沙發上。

「總理，剛接到國務卿吉布森的緊急通報。」

「嗯。辛普森總統也直接打電話給我了。美國決定展開對中戰爭。不久就會發射導彈到北京及軍事設施。」

「基於安保條約，我想美國早晚都會自動參戰。」

青木外相蒼白著臉說道。濱崎點頭說道：

「看來我國也必須要進入真正的戰爭中了。」

官房長官北山一邊拿起桌上的電話話筒，同時對濱崎說：

「總理，召集緊急國家安全保障會議。」

「就這麼做。」

「統幕議長河原端會立刻從市谷趕到官邸。」

「嗯。」

「國務卿吉布森認為這次攻擊只是限定的戰爭。」

「總統也對我強調這一點。並不打算派遣陸上兵力到大陸。只是為了防衛台灣及日本，不希望戰線持續擴大。只是將中國封鎖在大陸內部的戰爭。」

「如果是為了防衛日本的話，美國參戰是可喜的現象。」

「當然是好啦！但如此一來日本就不能單獨停止戰爭了。而美國也會要求我們派自衛隊PKF到台灣去。而且要儘快進行此次攻擊。不過我們的陸上自衛隊只有十五萬人的兵員，即使加上預備自衛官，也不到二十萬人。不可能全部投入台灣。如果全部投入，本土防衛的兵力就太薄弱了。」

「所以應該修改憲法，導入徵兵制才對。如果不使用徵兵制，戰力會立即衰退。」

門突然被打開了，防衛廳長官栗林呼吸急促，快步走了進來。

「總理！」

栗林長官表情凝重。

「來啦！你坐下吧！會議還沒開始。我想聽你說說今後的計劃。」

「好的。現在太平洋艦隊司令部向統合幕僚會議事務局提出要求，希望我們的護衛隊與美國的第七艦隊組成美日聯合艦隊，互助合作，擊潰中國航空母艦艦隊。」

「沒辦法，只好答應他的要求。」

「是的。而航空自衛隊方面，駐日美國空軍司令官也提出要求，要我們與他們合作，對抗中國空軍。」

「美日共同指揮所已經成立了嗎？陸海空自衛隊也納入他們的指揮下了嗎？」

「是的。事實上自衛隊應該已經納入美軍的指揮下。」

「看來有很多日本人要流血了。」

濱崎首相嘆了一口氣。

5

台灣・高雄市政府大樓地下室　臨時總統府總統辦公室

8月18日　下午二時五十分

整個房間裡都充滿熱氣，因為冷氣停止了，大家都揮汗如雨。不斷由隔壁房間傳來自用發電機高亢的震動音。

先前一直持續的大地震動聲響停止了。敵人發射的洲際彈道導彈「東風」導彈的攻擊中止。

「結束了吧！」

參謀總長朱孝武擦拭額頭的汗水。

最近幾天只要過下午兩點，就會有幾枚「東風」導彈發射過來。現在它有一個外號是「北京定期導彈」。

但是，可能是敵人導彈控制不佳，並沒有擊中軍事設施，反而擊中了民宅與民間設施，造成許多民眾死亡。

「趕緊報告損害狀況。」

李登輝總統命令行政院院長呂玄。行政院長慌慌張張的和秘書官一起走到室外去。

「參謀總長，繼續說。」

「是的，總統。」

參謀總長朱孝武面露難看的神情說道：

「遺憾的是戰況不斷的惡化。第一戰線的新竹市已經落入敵人手中，守備新竹市內的部隊全部被殲滅。而迂迴新竹市的敵人機械化部隊不僅擊敗我軍，也以勢如破竹的威力南下中山高速公路，已經逼近台中市北方二十公里處。」

「第二戰線呢？」

「第二戰線也被突破，我方的防衛線後退到大同、四稜溫泉。敵人使用毒氣彈，因此出現大量死傷者，防衛線柔腸寸斷。」

「什麼？那第三戰線呢？」

「第三戰線仍在奮戰當中。但是敵人持續南下，已經逼近蘇澳北方五十公里附近。進入蘇澳的第六十一師團開始防衛戰的準備。可是再這樣下去……」

外交部長薛德餘快步走進房裡。

「總統，接到美國國務院的緊急聯絡。」

「說了什麼？」

「美國東部標準時間凌晨兩點，也就是我國時間的下午三點，美國決定正式軍事介入台海戰爭。現在總統辛普森正向全世界召開記者會。」

「終於決定了嗎？美國來幫助我們了！」

李登輝總統不禁高興的抱著親信們。

秘書官趕緊按下電視開關。電視出現衛星播放CNN電台的畫面。

李登輝總統看到了熟悉的辛普森總統出現在電視上。

『這是為了守護日本與台灣的防衛戰爭。是為自由和正義而戰的戰爭。在此要對中國政府北京軍事政權提出警告。如果他們敢動用核武，我們也會毫不考慮的動用核武。只要你們使用一枚核子武器，我們將會使用一百倍的核子導彈回敬。但是我要強調的是，我方絕對不會先動用核武。……』

「是真的。如果美國和日本一起擊潰中國艦隊或中國空軍，我們就能挽回失地。真正的完成台灣獨立。」

「總統，還不能太樂觀。」

「我知道。要儘早讓聯合國PKF登陸台灣，這樣才能挽回戰況。」

『……同時也要對於有良知的中國國民提出呼籲。你們應該要打倒發動戰爭的北京軍事政權，使政治民主化。我國在開戰的同時，也會對北京政府的軍事設施、機場、雷達等軍事目標發動全面導彈攻擊。不久之後，第一枚導彈將會命中北京的軍事設施。希望中國國民能盡量遠離軍事設施、基地及製造武器的彈藥工廠。……』

李登輝總統看著電視畫面，感覺一絲光明射入房內。

6

台灣東海岸蘇澳海域　8月18日　下午三時

海面上刮起風，開始掀起大浪。

萬里無雲的藍天。

幾十道白煙朝著藍天冉冉上升。組成第七艦隊輪形陣型的宙斯盾巡洋艦、導彈驅逐艦一起發射戰斧巡弋導彈。

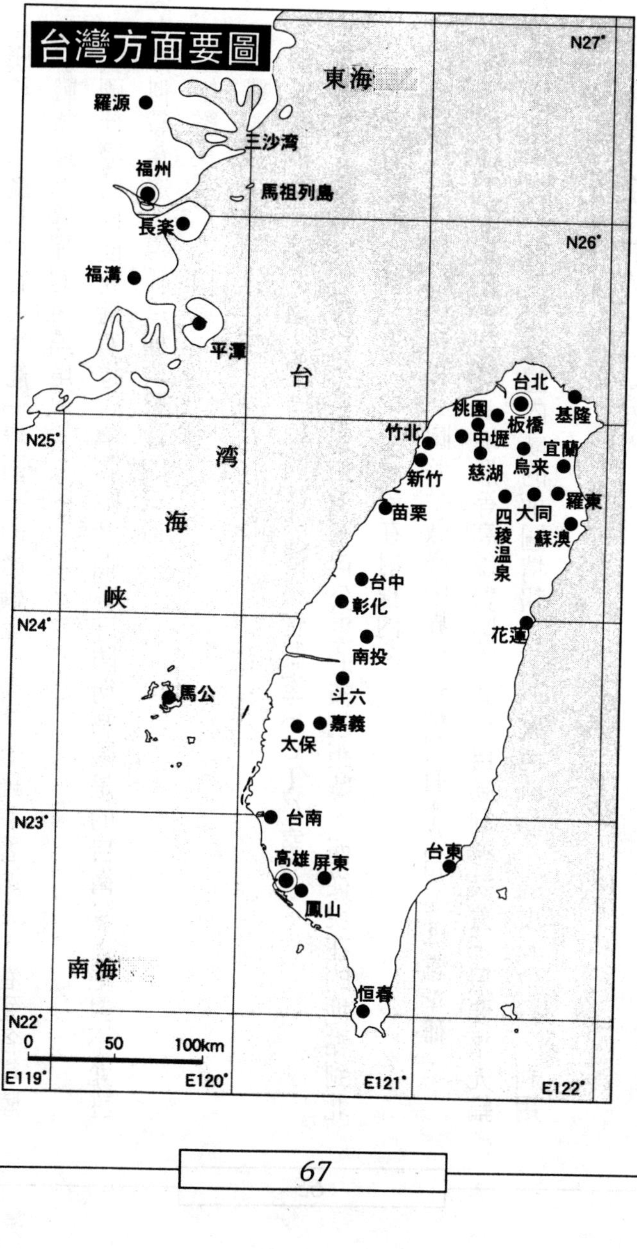
台灣方面要圖
東海
羅源
三沙湾
福州
馬祖列島
長楽
福清
平潭
台
湾
海
峡
N27°
N26°
N25°
N24°
N23°
N22°
台北
基隆
桃園
板橋
竹北
中壢
宜蘭
烏来
新竹
慈湖
羅東
苗栗
四稜温泉
大同
蘇澳
台中
彰化
花蓮
南投
馬公
斗六
嘉義
太保
台南
高雄
屏東
台東
鳳山
南海
恒春
0
50
100km
E119°
E120°
E121°
E122°

拖著白煙尾的導彈彈體飛翔的樣子，就好像告知戰爭已經開始了。

國松一信艦長站在護衛艦「春雨」的艦橋上，用望遠鏡看著遠方，看到各艦陸續發射戰斧巡弋導彈的白煙尾。

我國什麼時候能夠擁有巡弋導彈呢？以專守防衛為國是的自衛隊，絕對不允許擁有類似戰斧巡弋導彈這種攻擊性的武器。

國松艦長嘆了一口氣。

「戰斧多久會到達目標？」

國松艦長看著望遠鏡，同時詢問戰鬥情報管制室（ＣＩＣ室）

戰略巡弋導彈戰斧具有二千到二千五百公里的續航距離。而從現在的地點到北京的距離大約一千八百公里，完全涵蓋在射程內。

戰斧的命中精準度ＣＥＲ（圓形半數必中界）號稱只有十公尺，非常準確。

導彈搭載了ＴＥＲＣＯＭ（地形等高線對照方式）自動制導裝置，只要事先輸入目標位置，對照電腦記憶體內藏的地圖情報，自己就能夠修正高度及位置，利用噴射引擎以亞音速飛行。

『到達北京時間約一〇二分。』

聽到ＣＩＣ室的回答。

也就是在一小時四十二分之後，北京的軍事設施就可能會遭受幾十枚的高性能導彈轟炸。要藉此使北京軍事政權付出代價。

「艦長，旗艦接到電報。『大隅』『知茶』展開登陸作戰。」

「很好。」

國松艦長將望遠鏡對準登陸艦「大隅」與「知茶」。

「大隅」和「知茶」的後部甲板的門打開，氣墊型登陸艇LCAC飛濺起水花，爬了出來。

四艘LCAC各自搭載了兩輛裝甲運兵車與全副武裝的隊員。

離開了「大隅」與「知茶」的四艘LCAC發出高亢的聲音，一起朝海岸猛然挺進。

LCAC重量一百噸。航速約四十節。可以搭載一輛九〇式戰車及二十四名兵員，或是可以一次搭載四輛裝甲運兵車。

離開「大隅」和「知茶」的垂直離著陸軍鷂式Ⅲ的兩架編隊支援登陸作戰，在登陸地點上空盤旋警戒。

接著在「大隅」及「知茶」的平甲板，大型運輸直升機CH—47D支努幹的旋翼發出高亢的聲音。支努幹機體下方吊起高機動車與物資。

登陸台灣的中國軍隊，已經逼近蘇澳北邊五十公里處，與台灣政府軍持續激戰。

這次的任務就是由登陸艦「大隅」和「知茶」搭載聯合國PKF派遣陸上自衛部隊先遣設施部隊六百人，以及推土機和坦克橋等設施機材、89式裝甲運兵車、高機動車、坦克等，在蘇澳南方二十公里處的海岸登陸。

這是為了確保真正的陸上自衛PKF部隊的橋頭堡而派遣來的先遣部隊。也是日本政府還未正式對世界公布的作戰。

「大隅」型登陸艦與當初建造的運輸艦不同，進行了大幅度的修改（FRAM）。以往後部平甲板是讓直升機離著陸用，但是現在卻貼了鈦材料加以強化，連鷂式Ⅲ戰鬥機都可以離著陸。

而且在前部甲板新裝設的升降機，可以收藏中型運輸直升機或鷂式Ⅲ戰鬥機。而武器方面除了兩枚CIWS20釐米機關砲以外，還有兩門40釐米同軸機關砲、RAM接近SAM以及短魚雷發射機、SSM發射筒等，配備了防空、反艦、反潛武器裝備，改裝成名副其實的強襲登陸艦。

在艦橋響起通信員的叫聲。

「艦隊司令部緊急電告聯合護衛隊群全艦。一五〇〇美國正式對中宣戰，美國海軍艦艇同時開始對中國導彈攻擊。對中國戰爭開始的作戰名稱為『歐布萊恩』。聯合護衛隊群各艦要支援登陸作戰，並配合第七艦隊的要求，後援『歐布萊恩』作戰。」

「回電了解。」「回電了解。」

時候終於到了。國松艦長感覺十分振奮。

發現中國艦隊就加以擊滅！是否會下達這樣的命令呢？

海軍自衛隊的聯合護衛隊群是由宙斯盾級艦ＤＤＧ「金剛」、宙斯盾艦ＤＤＧ「霧島」、ＤＤＧ「島風」、ＤＤＧ「旗風」、ＤＤ「春雨」、ＤＤ「村雨」、ＤＤ「夕霧」、ＤＤ「雨霧」、ＤＤ「濱霧」、ＤＤ「澤霧」、ＤＤＨ「倉間」等十一艘編成的。

原本應該由兩個隊群十六艘船艦編成，但是在緊急時刻無法追加補充護衛艦，只好臨時編成這個護衛隊群。

但是幾天之後，在琉球海域未受損的八艘第四護衛隊群與八艘第三護衛隊群將會趕來，與護衛艦隊集合。

「艦長，旗艦『金剛』司令下達命令。」

「什麼內容？」

「聯合護衛隊群司令命令全艦長。我們聯合護衛隊群在登陸作戰結束之後，要立刻伴隨美國第七艦隊協助出擊。我們聯合護衛隊群一旦發現中國艦隊，就要加以追擊、擊滅。……」

「回電隊群司令，我們了解！」「回電！」

國松艦長用望遠鏡看著七艦輪形陣型中央的航空母艦「小鷹號」。在「小鷹號」巨大艦影的背面則是大型核子航空母艦「尼米茲號」。

現在可以從「尼米茲號」的飛行甲板上看到銀翼閃耀著光芒，F／A－18C大黃蜂戰鬥機出發了。

7

第七艦隊旗艦「藍山脊號」艦長約翰·科斯納海軍上校，站在艦橋上用望遠鏡看著在斜前方前進的導彈宙斯盾巡洋艦「銀行山號」發射的戰斧導彈的軌跡。

僚艦宙斯盾巡洋艦「移動灣號」以及導彈宙斯盾驅逐艦「卡提斯·威爾巴號」各艦都陸續發射了戰斧導彈。

每次發射導彈時的轟隆聲越過海面，甚至連「藍山脊號」的艦上都能聽到如遠雷般的聲響。

「GO　GO！」「GO　GO！」

艦上的組員全都高舉雙手，異口同聲的對著戰斧大叫著。

在天空中升起了幾十道好像森林一般白煙軌跡。

升高的巡弋導彈戰斧各自朝向目標地點飛翔。接近目的時，戰斧會降低高度到雷達網無法偵測到的超低空高度，好像沿著地面爬行似的持續飛向目標。

「艦長，真壯觀吶！相信這應該是波斯灣戰爭以來，最盛大的戰斧發射情景吧！」

看著望遠鏡的威廉・馬西副艦長發出驚嘆的叫聲。

「希望全都能命中目標。」

科斯納艦長用眼睛看著不斷升空的戰斧白煙。預定這次的攻擊總計三十六枚，都要集中轟炸北京軍管區的軍事設施。

目前東海及琉球海域的攻擊型核子潛艇及在空中待機的戰略轟炸機，應該也朝向北京軍管區主要的軍事目標發射武器了。

艦橋內的蜂鳴器響起。

『三十六枚全部發射完畢。其中有一枚發射升空失敗。』

聽到CIC室的報告。

「很好。向司令部報告。現在第一次導彈攻擊正順利展開中。」

坐在艦橋司令官席的第七艦隊司令官詹姆斯·馬歇爾海軍中將，維持一貫的沉穩表情，瞇著眼睛看著升空的戰斧軌跡，很滿意似的點了點頭。

發射聲停止。科斯納艦長覺得有點耳鳴。

「尼米茲號上的鷹眼已經離艦了！」

通信員大叫著。科斯納艦長用望遠鏡看著核子航空母艦「尼米茲號」的巨大身軀。

核子航空母艦「尼米茲號」飛行甲板上的空中早期警戒機E2C鷹眼已經離艦。機身背負的圓盤型雷達天線罩（旋轉式雷達天線罩）反射著陽光。

E2C鷹眼的續航距離是二八六〇公里，續航時間最長超過六小時。鷹眼通常會進入到艦隊前五百公里的地方，以每四小時交替的方式負責警戒。這時飛機正前往目的地進行交替。

鷹眼裝備的APS－145雷達的探測範圍，低空飛行的敵機約為四百公里，高空目標則可達到五五〇公里。即使是難以探測的超低空飛來的小型巡弋導彈或直升機，也具有二百公里的探測能力。不愧是第七艦隊的銳利鷹眼。

上空不只有七艦的E2C鷹眼，還有從琉球起飛的美國空軍及航空自衛隊的波音E七四七AWACS（空中早期警戒管制機），各自有負責的海域，進行東海到黃海一帶的警戒。

「回航終了。方向〇一〇。」

操舵員看著羅盤，同時大叫著。科斯納艦長下達命令。

「好。維持原來方向，第二戰速。」「維持原來方向，第二戰速。」

通信員複誦。

「小鷹號與尼米茲號都已經完成回航。」

第七艦隊一起回航，將航向轉往北方，打算繞到占領台灣北部的中國軍隊背後。

「司令官，全艦回航終了。」

科斯納艦長向馬歇爾司令官報告。

「暫時還是以〇一〇前進。」「方向〇一〇，維持原狀。」

第七艦隊是採取航空母艦「小鷹號」以及核子航空母艦「尼米茲號」及旗艦「藍山脊號」三艘在中央，而外圍圍成一圈的輪形陣型航行。

在陣型的前方帶頭前進的是提康德羅加級導彈宙斯盾巡洋艦「銀行山號」。然後按照順時針方向，由斯普魯恩斯級驅逐艦「休伊特號」和亞雷巴克斯級導彈宙斯盾驅逐艦「卡提斯·威爾巴號」，導彈驅逐艦「沙奇號」、「卡茲號」，提康德羅加級導彈宙斯盾巡洋艦「移動灣號」，以及導彈驅逐艦「洛德尼·M·大衛號」、「馬克爾斯基號」等八艘圍成輪形陣型。

距離第七艦隊輪形陣型不遠處的蘇澳海灘海域，有十一艘海上自衛隊的聯合護衛隊群展開登陸作戰。

而台灣海軍的一三一艦隊，也在基隆海域對中國艦隊施加壓力。

隸屬於太平洋艦隊的核子航空母艦「約翰·C·斯提尼斯號」以及核子航空母艦「亞伯拉罕·林肯號」從夏威夷趕來。而來自印度洋的核子航空母艦「哈里·S·特爾曼號」也各自在七、八艘的宙斯頓巡洋艦或導彈驅逐艦的護衛之下，朝著目標琉球海域快速前進中。

蜂鳴器響起。

『司令官，捕捉到中國東海艦隊第四護衛艦戰隊。』

聽到CIC室的通報。馬歇爾司令官抬起頭來。

「在哪裡？」

『根據偵察機的報告，方向朝西前進，在台北的北北東五十公里出現。以二十節的速度移動。』

「可能是知道我們的動向，打算逃到大陸沿岸附近去吧！」

馬西副艦長對科斯納艦長說著。

在沿岸附近的群島躲藏著高速導彈艇，可以掩護陸上部隊的反艦導彈，同時又可以接受航空支援。敵人艦隊打算藉此獲得地利。

「與我艦隊之間的距離呢？」

『二百公里。』

還在艦對艦導彈的射程外。

「敵人艦隊的規模呢？」

『導彈驅逐艦與導彈護衛艦總計二十艘。旗艦是「西安」，好像是旅大改良型驅逐艦。』

馬歐爾司令官皺著臉。因為雖然對敵人的東海艦隊與南海艦隊給予重擊，但是東海艦隊的第四護衛艦戰隊卻毫髮無傷。而且如果想要擊潰在北邊的北海艦隊航空母艦戰鬥群，一定要先擊潰這個第四護衛艦戰隊。

否則在追擊北海艦隊航空母艦戰鬥群時，可能會腹背受敵，遭到背後第四護衛戰隊夾擊。

馬歇爾司令官站了起來。

「艦長，一起到ＣＩＣ室去吧！」

「遵命，長官。」

科斯納艦長將艦橋交給副艦長，跟隨司令官。

「司令官及艦長到ＣＩＣ室去。」

操舵員叫著。

科斯納艦長與馬歇爾司令官一起走下舷梯，進入堪稱「藍山脊號」頭腦的ＣＩＣ室。室內被一片紅色照明染紅了。聽到電腦電子音響起。

「立正！」

聽到士官長的聲音。

海軍作戰部前任參謀史丹佛海軍上校，及參謀魯賓遜海軍中校、海軍少校馬斯基全都採取立正姿勢。

「繼續你們的作業。」

馬歇爾司令官大聲說著。第七艦隊參謀長培根海軍少將向馬歇爾司令官敬禮。

馬歇爾抬頭看著狀況表示板詢問：

「參謀長，狀況如何？」

電子狀況表示板上顯示出無數記號。培根參謀長摸摸下巴說道：

「北海艦隊航空母艦艦隊分散在上海、青島、旅順等地躲藏，目前正在重新編組。」

「航空母艦在哪裡？」

「航空母艦『大連』經由衛星確認已經進入旅順。而輕型航空母艦『旅順』則遭到日本海空軍擊沉，不成問題。先前接到重要報告，似乎有一艘新的航空母艦已經完成了實戰配備。」

「新型航空母艦嗎？」

「不，中國海軍從前以廉價購買前蘇聯海軍航空母艦『明斯克』，徹底進行現代化的改良，變成煥然一新的航空母艦。」

前任參謀史丹佛上校代替培根參謀長回答。

「航空母艦叫什麼名字？」

「『北京』。」

「哦！竟然用了首都北京的名字，表示這是中國海軍頗負自信的作品。參謀長，我們是不是應該擊潰這艘航空母艦呢？」

「的確如此。」

「『歐布萊恩』的作戰狀況進行得如何？」

「非常好。但是重要的敵人東海艦隊第四護衛艦戰隊現在逃到沿岸，想將它們引到外海去。」

狀況表示板上顯示中國海軍艦隊的記號，在沿岸附近閃爍。

「要怎麼做？」

「我們想要移動到釣魚台海域附近待命。在這裡以台灣海軍一三一艦隊為誘餌，攻擊打算進入台灣海峽北部海域，渡過海峽的運輸船隊。相信敵人南海艦隊的餘黨與東海艦隊第四護衛艦戰隊一定會受到高速導彈艇戰隊的挑釁，被誘導到海灘。這時我艦隊趕緊前往攻擊，將其擊滅。」

「如果一三一艦隊挑釁，但敵人卻不中計呢？」

「那我艦隊就要一路沿著東海北上，朝東海前進，迎擊敵人的北海艦隊。在後方則由日本海軍與台灣海軍一三一艦隊護衛。」

「很好。開始作戰吧！」

馬歐爾司令官用力點點頭。

「開始作戰。」

培根參謀長命令參謀們。

無線通信員大聲叫道：

「一三一艦隊請求支援。」

「回電說我們會支援。」

馬歐爾司令官微笑著。

「作戰開始了。敵人艦隊與台灣海軍一三一艦隊距離多遠？」

「大約一百公里。敵人艦隊轉進，開始反艦導彈攻擊。」

馬歐爾司令官以平靜的語氣命令著。

「很好。通信士官命令全艦。從現在開始迎擊敵人艦隊，準備反艦導彈戰鬥。」

聽到通信士官複誦。馬歐爾司令官看著狀況表示板，同時說道：

「命令小鷹號、尼米茲號航空司令出動攻擊機。」

ＣＩＣ室內瀰漫著緊張的氣氛。

8

北京市郊外·第二砲兵第32導彈發射基地　一五四〇時

涼風從山間吹來。鑿穿山腰建造的導彈發射井隱藏在樹林中，從上空俯看無法立刻看見。深綠色的葉子隨風擺動著。

第二砲兵大隊第二中隊的任上士（士官長），從管理大樓走了出來，伸伸懶腰。

陽光耀眼。還有兩小時二十分才交班，只要過了這個時間，就可以從無聊的任務解放出來了。

雖然只有五分鐘，但是大家輪流休息、抽抽煙。這是楊小隊長的建議。

走到庭院的唐中士站在荒地前小便。任上士則叼根煙，正要點火。

以前可以在管制室中吸煙，但是新任的大隊長來了之後，就全面禁止吸煙。

唐中士拉起褲拉鍊，走了過來。

「任分隊長，什麼時候休假啊？就算戰爭，偶爾也要休假才行，否則會喪失戰鬥意志。」

「什麼時候可以休假呢……。我一直都是和機械乾瞪眼，只會注意到機械，而且現在戰況又不佳。別說休假了，不久之後可能會發動大攻勢呢！」

突然聽到空襲警報響起。任上士趕緊丟掉點燃的香煙。唐中士也慌慌張張的將尚未點燃的香煙放回口袋裡。

「空襲警報！空襲警報！對空要員趕緊就位。敵機來了！」

聽到樹林內的擴音器聲響。

基地警備隊慌慌張張的跑入沙包陣地，將同軸機槍對著天空。

「在這樣的地方真的會有轟炸嗎？」

「哪裡有飛機？沒有看到啊！」

任上士和唐中士用手擋在眉間，看著湛藍的天空。

沒有聽到轟炸聲。雖然是戰爭時期，但是這裡從未遭到空襲。

中國陸海空軍在南部與美、日軍展開激烈的海戰及空戰，但是，怎麼可能打得到這個距離二千公里遠的地方呢？根本沒有戰爭的真實感。

「難道不是平常的演習嗎？」

以往也響起過空襲警報，雖然感到很緊張，但都是司令部的模擬訓練。

建造在山腰的導彈發射井出入口門扉被打開，楊小隊長探出頭來大吼著。

「你們沒有聽到空襲警報嗎！趕緊歸隊！」

「是真的空襲嗎？」

「笨蛋，說是空襲當然就是空襲！趕快回來！」

這時，任上士突然看到南側的谷間有東西以超低空的方式接近。任上士抓住唐中士的手臂。

「那是什麼？」

黑色飛行物體無聲無息的，好像掠過樹林似的超低空飛行。是從來都沒有看過的飛機。飛機朝著架設在山腰的導彈發射井猛衝。

「快逃！是巡弋導彈！」

楊小隊長大叫著。而任上士則做出反射動作，撞開了唐中士。這時細長的彈體劃破天空飛去，直接撞擊導彈發射井。

聽到轟然巨響。任上士看到爆破的閃光。爆風吹走了任上士與唐中士。

任上士在朦朧中似乎看到導彈發射井的東風導彈爆炸，起火燃燒。

第二章　美日艦隊出擊

1

北京·總參謀部作戰本部會議室　8月18日　一五三〇時

秦平中將坐在扶手椅上，喝著茶。

擺在作戰本部角落的大型電視，正在播放CNN的緊急新聞節目。辛普森總統剛結束在華盛頓白宮召開的特別記者會。

桌前包括楊世明陸軍上校、賀堅上校、汪石上校、海軍周志中上校、空軍何炎上校等總參謀部的高級參謀幕僚們。一股凝重的氣氛瀰漫整個會議室。

「各位，幹嘛那麼驚訝呢？」

秦中將好像覺得很有趣的看著幕僚們。楊上校等人才似乎回過神來，開始說話。

楊上校略顯狼狽似的說道：

「老實說，我認為美國政府還未參戰。我想就算我們攻陷台灣，相信辛普森總統也只會在口頭上發發牢騷，不會軍事介入。」

「為什麼你做這種判斷呢？」

「因為美軍雖然聚集了在日本、琉球，以及駐守在韓國的部隊，不過只有十萬人兵力而已。而距離本國太遠，補給線太長。越戰與韓戰只能算是地區戰，所以他們並不具有與我國真正作戰的能力。

美國並沒有像我國一樣有指導國民的共產黨，也沒有卓越的領導者。國民的意見分歧，完全不統一。總統經常與議會對立，每隔四年進行選舉，可能會害怕下一次選舉時落選，因此受制於國民的輿論，無法盡情發揮領導力。而台灣或日本又不是自己的國家，無須為他們流血流汗。可能只是藉著核子武器來威脅我們吧！第七艦隊也只是紙老虎而已，可能不會真正的進行反擊。當我們第二砲兵對日本發射『東風』彈道導彈攻擊時，美軍也逃之夭夭，並沒有採取報復攻擊。

上一次的琉球海戰，出戰的主要是日本海空軍。所以，我們只要不將核彈發射到美國本土或琉球的美軍基地，相信美國不會對我國宣戰。」

「你想得太簡單了。我攻擊琉球的時候，就已經覺悟到對美戰爭了。如果只是擊潰台灣，我和楊上校的判斷一樣，美國是不會出頭的。但是我想如果擊垮日本，尤其是琉球的話，相信美國絕對不會坐視不顧的。因此，我秘密和周上校演練對美戰爭計劃。對吧！周上校。」

「的確如此。日本和美國締結軍事同盟，如果攻擊一方，另外一方就必須自動參戰。當然看得出這一點，但如何應對才是問題。」

周上校大聲的說著，看著大家。

這時，負責聯絡的女性少尉慌張的拿著行動電話跑到會議室向秦中將報告：

「作戰部長，總書記打來的緊急電話。」

「好。接過來吧！」

少尉將手中的話機交給秦中將。秦中將用手示意大家安靜，然後耳朵貼住話機。聽到總書記狼狽的聲音。

『秘書長，這怎麼回事啊！聽說美國參戰了，沒問題吧？』

「沒問題。」

『辛普森總統在記者會中，命令美國陸海空三軍利用巡弋導彈攻擊我國的軍事設施。雖然他們說不動用核武，但到底會變成什麼情況呢？』

「請您振作。已故的毛澤東主席不是說過嗎？即使帝國主義國家使用核武作戰，但中國有十三億人口，就算死了其中的一億人還有十二億人。只要將侵略中國的國家引入大陸內地，截斷補給線，採取長期持久戰，我國絕對是勝利的一方。」

『我想聽聽你的想法。軍事委員會中的幾個人一起詢問我今後演變的情況。你是秘書長，應該緊急召開中央軍事委員會。』

「我知道了。我會安排。」

秦中將將話機交給聯絡將校，召集所有的軍事委員們說：

「大家都聽到了，美軍比我們所估計的時間更早參戰，但是大家不要著急。先前楊上校也說過，即使美國參戰，但是，他們並沒有派遣地面部隊到我國的力量，只不過是卑鄙的用彈道導彈攻打我國，然後使用海軍及空軍進攻我國而已，絕對不會進入我國的領土。因此，即使說一些冠冕堂皇的話，但美國絕對無法使我國屈服的。

你們也都知道辛普森總統的記者會吧！美國說只要我國不動用核武，他們就不會動用核子武器。他們很愚蠢的綁住自己的手腳。這意味著是否要動用核武的主導權掌握在我們手中，說到核子武器的威脅，也僅止於如此而已。

我們害怕的就是他們先動用核武。但是，只要他們不會先動用核武，不是正好嗎？所以不用害怕美國。我們的戰略只有一個，就是儘可能拉長戰爭，採取持久消耗戰，就好像以前在越南發生的情況一樣。越南人能夠辦到，我們中國人不可能辦不到。大家應該要有自信。」

大家拍手鼓掌。秦中將用力點點頭。

突然聽到隔壁房間通信指令室響起緊急緊報。作戰本部室的要員們都慌了起來。聯絡將校慌慌張張的跑到秦中將面前。

「報告。防空司令部通知有多枚巡弋導彈突破防空網，朝向北京、上海、青島等主要都市前進。需要嚴密警戒。」

這時聽到外面響起了空襲警報。參謀幕僚們都臉色大變，無法冷靜下來。楊上校大叫著：

「向防空司令部下達命令。防空武器、防空導彈總動員。迎擊巡弋導彈，將其擊落！」

「向防空司令部傳達命令。」

聯絡將校立刻跑回通信指令室。

何炎空軍上校站了起來，對電腦要員叫道：

「知道敵人巡弋導彈到達北京的時間嗎？」

「以現在時刻來計算，大約在一五四〇時到一六〇〇時。」

「不久就到了。」

何炎上校面露難色，望著窗外。秦中將看著手錶。不久就要到一五四〇時了。

聽到緊急蜂鳴器響起，還有擴音器的聲音。

『導彈接近！導彈接近！展開防空射擊！防空隊員以外的人全都到防空壕避難。』

話還沒有說完，聽到外面開始了激烈的槍擊和砲擊聲。這時可以看到窗外如煙火般的白煙飄散到空中。

「作戰本部長！請讓全部的人到地下防空司令部避難。」

進入會議室的警備隊長上尉告訴秦中將。秦中將看著參謀幕僚們。

「全員趕緊避難！」

聽到這個命令，參謀幕僚們立刻離席，爭先恐後的跑出會議室，跑下樓梯。

秦中將拒絕接受警備隊長的誘導，只是看著幕僚們撤退。最後賀堅上校、何炎上校及周上校三個人站在出口，等待秦中將。

「部長，快來吧！」

「你們先去避難吧！」

「部長，如果你有個萬一，我們可糟糕了。」

賀堅上校以平靜的口氣說著。何炎上校和周上校都懇求他：

「部長不避難，我們也不去。」「我要留下來。」「我也是。」

「真糟糕啊！」

在作戰本部的要員還沒有完全避難之前，秦中將不為所動。警備隊長再次說道：

「部長！大家都避難了。只剩下我們警備隊而已。」

「好吧！」

秦中將看到周圍沒有本部要員之後，終於從扶手椅上站了起來。這時站在門口的賀堅上校等人還在等待著秦中將。

『導彈接近！導彈接近！全員避難！』

警報鈴響起。聽到連續呼喊的撤退避難命令。

秦中將一邊走向地下室的樓梯，同時對賀堅上校等人說道：

「這只是美國宛如廢物的巡弋導彈。如果想要殺掉我們，那就試試看好了！我是不會逃跑或躲藏的。害怕敵人的導彈如何能夠作戰呢！」

「說的也是。」

賀堅上校和何炎上校、周上校面面相覷。

到了地下三樓時，鋼鐵製的門扉已經半掩。秦中將等人進入房間之後，警備隊員關上厚重的鋼鐵門。地下作戰本部室非常安靜，外面的空襲警報與警報鈴聲聽起來很微弱。

地下作戰本部是能夠抵擋核子武器戰爭的堅固建物。當毛澤東主席還健在的時候，就已經建造了這個堅固的地下設施。同時地下道也和中南海互通，儲備了足夠的糧食和燃料等。兩千人在這個總參謀部的防空設施不出去，也可以生活半年。

在作戰會議室中的避難參謀幕僚們全都屏氣凝神，看著播放外部景象的電視。電視畫面中映出了總參謀部的建築物、附近的防空導彈基地、防空陣地、總後勤部的建築物以及防空司令部的建築物等。秦中將坐在桌前的議長席上。

『不久巡弋導彈即將著彈！』

收到防空司令部的通知。

「快來了。不知道會落在哪？」

賀堅上校莞爾一笑，坐回自己的座位上。

「我想看看敵人的巡弋導彈到底是什麼東西？」

周上校與何炎上校一邊笑著，一邊坐到附近的椅子上。

突然間，附近發生驚天動地的大爆炸。就算在地下防空設施內，好像也能感受到沿著牆壁傳來的爆炸震動。畫面就好像遇到大地震似的，上下左右劇烈搖晃。地下室的牆壁發出了聲響，鋼筋水泥的牆壁發出刺耳的嘰嘎聲。

接著第二枚導彈爆炸，然後是第三枚爆炸。

賀堅上校臉上的笑容消失了。水泥灰塵從天花板落下。照明消失，取而代之的則是紅色的緊急照明燈。昏暗的房間被染成一片紅色。

「落在哪裡？」

秦中將傲然的交疊著手臂，瞪著電視畫面。原先微弱的照明又恢復光亮，紅色燈消失了。

過了一會兒之後，又有第四枚、第五枚、第六枚……，連續有數枚導彈著彈。電視畫面陸續消失，出現雪花般的訊號中斷畫面。十面電視牆只剩兩面映出基地的樣子。

秦中將心中數著爆炸聲，已經第十二枚了。

爆炸聲遠離，不再有先前激烈的搖晃，但是桌子還是不停的晃動著。

爆炸停止了。作戰本部室的電子音也傳入耳中。

「著彈十四枚！」

本部要員報告。秦中將放開交疊的手臂。

楊上校命令本部要員。

「報告損害！要防空司令部報告損害！」

瞪著只剩下兩面的電視畫面。一面是冒著黑煙燃燒的光景。總後勤部的水泥建築物變成一堆瓦礫。

另外一面則是開了一個大的研缽狀孔，那是防空雷達站所在地。

「防空司令部沒有回答！看來線路受損。」

本部要員大聲回答。先前怒吼的擴音器也沉默了下來。

「接上緊急線路。」

楊上校焦躁的說道。

「誰去看看外面的情況。」

「我去。」「不，我去。」

幾位年輕參謀站了起來。

接著又聽到了爆炸聲響起，陸續聽到著彈音。

「第二波攻擊來襲！」

警備隊長大叫著。秦中將又在心中默數。

這個狀況到底會持續多久呢？現在自己終於可以了解波斯灣戰爭中伊拉克海珊的心情了。看來真的無法估計美國的真正實力。

但是，絕不能畏懼這種場面，否則部下也會察覺。

時間緩慢的經過。每一枚導彈都爆炸了，而每一次爆炸都會產生激烈的撞擊。天花板的照明消失，紅色的緊急照明燈又亮起。

爆炸停止了，又是一片寂靜。照明恢復正常，緊急照明燈消失。

「難道結束了嗎？」

賀堅上校表情僵硬的問秦中將。秦中將問通信要員。

「還沒有辦法聯絡到防空司令部嗎？」

「就快了。」

「有幾枚落下？」

「第二波是十二枚。」

秦中將揚揚下巴。

是否還有第三波的攻擊呢？

參謀幕僚們全都神情凝重，保持沉默。

一片靜悄悄的。只有電子音響起。電視畫面全都消失了。

「報告外面的狀況。」

楊上校大聲叫著。作戰本部要員們不斷的敲打電腦的鍵盤。

「已經和防空司令部的線路聯繫上了。目前正在詢問當中。」

「很好。」

楊上校很滿意的點了點頭。

「接到基地警備司令員的報告。」

通信要員耳朵貼著接收器說著。

「說些什麼？」

「防空司令部及地面設施嚴重受損。現在消防隊正在進行滅火行動。」

「哪些地方受損？」

「目前只能判斷可能有防空司令部、總後勤部、防空導彈發射台等全毀或半毀。現在救援隊正在救出被活埋的隊員。燃料槽側面被擊中，冒出熊熊烈火，可能會發生第二次爆炸。」

秦中將探出身子問道：

「不知道各地的情況嗎？」

「北京軍管區內的各基地也受到巡弋導彈的攻擊，北京空軍基地的倉庫和防空雷達站中彈，戰鬥機和轟炸機嚴重受損，而其他各基地的軍營彈藥庫、防空陣地、防空雷達站等都直接受到攻擊，遭到破壞。而且有很多死傷者。現場很混亂，無法把握損壞狀況。」

另一位通信要員叫道：

「接到青島、旅順的報告。」

「說些什麼？」

目前正遭受導彈攻擊。港灣設施、船塢等陸上設施中彈，遭到破壞，有很多死傷者。

「天津、濟南、南昌、武漢……各地的軍事相關設施都受損。目前狀況混亂，損害狀況不明。」

「持續把握狀況。」

秦中將說道。

難道對敵人太掉以輕心了嗎？

「作戰本部長！你看！」

何炎上校從隔壁的作戰本部室叫喚秦中將。秦中將帶著楊上校和賀堅上校進入作戰本部室。在房間的牆壁上有最新的電子狀況表示板。

電子狀況表示板上即時記錄敵我雙方軍隊的配置狀況及戰鬥狀況。狀況表示板的北京軍管區和濟南軍管區、南京軍管區基地遭受導彈攻擊的紅燈閃爍著。大約有三十幾處。瀋陽軍管區和蘭州軍管區、廣州軍管區等幾乎都沒有巡弋導彈著彈。

秦中將和賀堅上校、楊上校愕然的看著狀況表示板。

2

第五航空母艦航空團（CVW－5）第一九二戰鬥攻擊飛行隊（VFE－192）的F／A－18C大黃蜂十二架，每六架編成一組，總共有兩個編隊在空中飛行。

高度三萬二千呎。馬赫〇・八。

三號機的安德雷・福克上尉隔著座艙罩，望著湛藍的天空。在視野內並沒有看到敵機的機影。

雖然偵察衛星鷹眼已經通知敵人空軍軍機為了防衛艦隊，已經從大陸各地空軍基地起飛朝這裡前來的狀況。但是在遭遇戰之前還有一段充裕的時間。

目標是中國海軍東海艦隊第四護衛艦戰隊，驅逐艦與護衛艦二十艘。

第一九二戰鬥攻擊隊稍後會派來第二次攻擊隊的第一九五戰鬥攻擊飛行隊（VFE－195）。

為了護衛，在前方有第一五四戰鬥飛行隊（VF—154）的F—14A熊貓。

而航空母艦「小鷹號」以及核子航空母艦「尼米茲號」已經做好了第三、第四次攻擊隊的出發準備。

伴隨編隊的戰術電子戰飛行隊VAQ—136干擾機EA—6B徘徊者，已經對敵人艦隊的雷達及通信網展開攻擊。

現在敵人艦隊的雷達網已經一片混亂，與各艦的聯絡通信也受到阻礙，陷入大混亂中。

『領隊飛龍通知全機。解除無線電靜默，確定目標一百公里。準備發射魚叉導彈。』

隊長格雷夏姆中校的聲音傳入耳機中。安德雷·福克上尉立刻按下無線電通話裝置的按鈕。

「三號收到！」『二號收到！』『四號收到！』……

聽到各機陸續回答。

HUD顯示雷達已經捕捉到目標。

反艦導彈魚叉導彈發射準備完成。

鎖定目標。

攻擊信號燈亮起。只要按下按鈕就可以了。

『距離目標九十五公里。全機發射魚叉導彈！』

聽到格雷夏姆隊長的命令。安德雷·福克上尉按下操縱桿的發射按鈕。

「發射！」

「發射！」

右翼下的一枚魚叉導彈脫離機身。

接著又按了一次發射鈕。左翼下的魚叉導彈也冒著白煙，脫離了機身。

從第二十七戰鬥攻擊飛行隊的第一編隊六架飛機的機身總共發射了十二枚魚叉導彈，朝著虛空飛翔而去。接著又有第二編隊六機的十二枚魚叉導彈拖著白煙尾，往前飛出。

魚叉導彈到中途為止採取慣性飛行的方式，在距離目標前方十幾公里時，會利用搭載的自動雷達鎖定目標，以超低空的方式接近、衝入目標。

敵人就算想要使用ECM（電子反干擾）防礙導彈的衝入，但是內藏的ECCM裝置會自動發揮作用，排除電子干擾，持續朝著目標飛行，命中精準度非常高。

『報告飛龍。這裡是一號鷹。敵機編隊接近！方位二八〇。距離一〇〇。保持警戒！』

『飛龍詢問一號鷹。知道敵機的數目和機種嗎？』

『第二集團五個編隊，總共四十架。機種是J－7或J－6改良型。而第三集團六個編隊也在接近當中，大約五十架。方位二九五。距離三百公里。機種是J－7。第三集團十個編隊，大約有八十架。方位三一〇。距離四百公里……』

『收到。』

鷹眼持續和編隊長互通訊息。

敵機約有一百七十架，應該還會持續增加吧！如果敵人艦隊開始攻擊，就會有一大群敵機湧過來。就好像用棒子戳隱藏在樹叢中的大胡蜂巢穴，大胡蜂傾巢而出的狀況一樣。

安德雷·福克上尉看著雷達螢幕。反艦導彈戰鬥後，將會與中國空軍軍機進行空中戰。武器模式也會從反艦導彈攻擊的模式，自動變成防空導彈的攻擊模式。

J－7或J－6改良型是改良自前蘇聯製米格21型一代以前的戰鬥機，但是在導彈空戰時代，由於搭載的防空導彈先進行戰鬥，因此也是不容小覷的敵人。事實上，就算是螺旋槳機，只要能發射導彈，都能構成威脅。

『領隊飛龍通知全機。ACM準備。』

ACM是空中戰的意思。

「三號收到。」

全機立刻回答。

第一五四戰鬥飛行隊的十二架F－14A熊貓已經進入迎擊狀況。而飛龍飛行隊VFA－192的F／A－18大黃蜂戰鬥攻擊飛行隊，也要和熊貓戰鬥機隊會合，迎擊中國空軍軍機。第一九五戰鬥攻擊飛行隊在發射反艦導彈之後，也要進行迎擊。

此外，還有從核子航空母艦「尼米茲號」上出發的熊貓戰鬥機隊一個，以及大黃蜂戰鬥攻擊隊二個，也會陸續進入迎擊狀態。我方的飛機總共有七十二架。而預備戰術則是兩個航空母艦各有一個戰鬥攻擊飛行隊，各自有二十四架飛機，一旦會合，我方共有八十六架飛機。

敵機的數目是我方軍機的兩倍以上，經過一段時間之後還會增加。但是不用害怕，因為來自琉球本島與石垣島的日本航空自衛隊機和美國空軍軍機將會趕來支援，到時就會徹底擊潰中國空軍。

安德雷·福克上尉瞪著出現在雷達螢幕上的敵機斑點。

3

東海艦隊第四護衛艦隊旗艦「西安」的艦橋一陣騷動。

艦長金少甫海軍上校站在艦橋，緊咬著嘴唇，聽著來自戰鬥情報管制室的報告。

先前還正常運作的戰鬥情報管制室的電腦，突然因為敵人的ECM而使得防空雷達及武器管制裝置無法作動，大半機器都出現錯誤動作。

無線通信由於廣大範圍的周波數受到電波干擾，幾乎所有的頻道都無法使用。

「電子反干擾措施對策還無法發揮作用嗎？」

戰隊司令毛富林海軍少將從司令席上探出身子，對著通往戰鬥情報管制室的傳聲管大叫。接到來自戰鬥情報管制室的報告。

『快要修好了。雷達機能、武器管制裝置也恢復了一部分。』

「快點！敵人的導彈攻來了！」

『會全力以赴！』

毛少將臉色凝重的看著金艦長。

「艦長！不能採用原先的隊形了。應該由縱列隊形變成輪形陣型，請命令全艦。」

「了解。通信員向二一護衛艦全艦下達指令，立刻解散縱列隊形散開，變成旗艦帶頭的輪形陣型。也命令後續的四二護衛隊旗艦變成輪形陣型。」

通信員複誦。

第四護衛艦站隊，包括了旅大改良級導彈驅逐艦「西安」為旗艦的第二一護衛隊十艘，還有普通型護衛艦「南平」為旗艦的第四二護衛隊十艘編成。第二一護衛隊的十艘呈二列縱隊隊形先行，後面則有第四二護衛艦跟隨，也是呈二列縱隊的隊形航行。

通信員叫道：

「艦長，無線通信還沒有辦法完全恢復。」

「好。那併用發光信號。」「使用發光信號！」

通信員立刻跑到伸出甲板。通信員取出探照燈，啟動操縱桿，利用發光信號向僚艦「九江」驅逐艦傳達命令。

金艦長用望遠鏡看著僚艦。僚艦「九江」的甲板也以發光信號回答「了解」。

「接到四二旗艦『南平』收到命令的回電！」

「很好。傳達全艦立刻散開，呈輪形陣型。」

聽到複誦聲。

「維持原先方向。速度降為第三戰速。」「維持原先方向，速度降為第三戰速。」

操舵員複誦。速度稍微減慢。

「開始散開！」「開始散開！」

通信員複誦，同時將命令傳達給僚艦。

金艦長用望遠鏡看著在右舷並排前進的「九江」。「九江」方向稍微朝向右舷，脫離「西安」，打算繞到右舷斜後方。

而相反的在左舷斜後方的驅逐艦「安慶」的速度增快。從二列縱隊變成輪形陣型，已經反覆演習過好幾次了。第二一護衛隊逐漸變成輪形陣型。

金艦長來到伸出甲板，用望遠鏡看著敵人艦隊所在的斜後方。雖然看不到一三一艦隊，但是若不這麼做，他似乎無法撫平自己的情緒。

應該更早警戒敵人的ＥＣＭ才對。雖然沒有疏忽對美國海軍第七艦隊的警戒，但是集中力量攻擊台灣海軍一三一艦隊，因此無法應付對方先發制人的攻擊。

現在已經知道敵人ECM之後，到底會採取什麼樣的攻擊方式。

戰鬥情報管制室利用擴音器傳來聯絡士官的聲音。

『艦長，早期警戒管制機送來緊急聯絡。大量的反艦導彈朝我方戰隊發射。敵機編隊也開始接近。』

「導彈著彈時間是？」

『十分鐘吧！』

金艦長眺望著波浪起伏的海峽。

可以遠望到台灣本島的島影。到台灣本島沿岸部大約有一百二十公里的距離。就算要逃入大陸沿岸的三沙灣，也距離一百五十公里以上。現在無法逃到任何一處的沿岸。

現階段根本無法預料到美國海軍第七艦隊會從正面而來，如果知道的話，在攻擊台灣海軍一三一艦隊時就不會過度深入。

「艦長！接到各艦報告。已經到達輪形陣型的固定位置。」

通信員叫著。

「好。」

「接到『南平』的報告。四二隊也轉變為輪形陣型。」

「好。聯絡各艦提升為第一戰速。」「聯絡各艦，提升為第一戰速。」

毛司令手臂交疊，對通信員說道：

「通知各艦準備反艦導彈戰鬥，陣型維持原狀，進行艦隊防衛。」

通信員複誦。

毛司令詢問戰鬥情報管制室。

「我方的『海鷹』反艦導彈還沒到達嗎？」

『海鷹反艦導彈到達敵艦的時間大約還有四分十秒。』

「敵人一三一艦隊的反艦導彈到達我艦隊的時間呢？」

『也是四分鐘左右。』

戰鬥就要開始了。

金艦長感到非常興奮。

『我方海軍航空部隊與空軍軍機的編隊接近了。』

聽到戰鬥情報管制室的通知，在艦橋上的士官和組員們霎時歡聲雷動。

「艦長，主雷達的映像恢復了。」

艦橋的雷達要員報告。

看來，ECM（電子反干擾措施）產生效果，雷達機能恢復了。

金艦長看著雷達螢幕。

雷達上還有很多雜亂的斑點，但是，很明顯的可以看到敵機編隊以及多數的導彈朝這兒移動。

金艦長振作自己的情緒。

「武器管制裝置恢復了沒？」

『只恢復了一半。』

「那也可以，只要恢復武器管制裝置，就準備發射防空導彈『海隼』。」

『了解。準備完成時就發射海隼。』

「好。」

『敵軍導彈接近！距離十五公里。』

只要能夠發射防空導彈海隼，時間就還來得及。

旅大改良級導彈驅逐艦「西安」配備兩座海隼防空導彈八聯裝發射機。射程十三公里。個艦防衛用導彈，則是中國自行將法國開發的響尾蛇導彈改良開發的新型防空導彈。

如果海隼無法擊落導彈，則利用國產的PL—9型短SAM六聯裝「紅旗61型」發射機，雖然射程較短，只有五公里，但是比海隼的信賴度更高。如果還是沒有擊落，則利用雷達連續做動的三十釐米接近防空機關砲當成最後手段。

『海隼的發射準備完成。立刻發射！』

戰鬥情報管制室報告。

船艦上方的甲板發出激烈的發射聲音，海隼防空導彈噴出白煙，連艦橋的玻璃窗上都掛著噴煙。

「海隼的會敵時間是什麼時候？」

金艦長對著戰鬥情報管制室的傳聲管大吼著。

『四十秒。』

戰鬥情報管制室的擴音器也發出了怒吼。即使還來不及修復武器管制裝置，但還是必須要利用手動方式來迎擊導彈才行。

金艦長大叫著。

「準備高射機關砲射擊！」「高射機關砲射擊準備完成！」

通話員複誦。

『導彈接近，方位〇九〇。十幾枚朝我方艦隊接近中，一枚朝向本艦。』

「來了！防空導彈戰鬥開始！」

金艦長大叫著，用望遠鏡看著水平線上的天空。看到點點擦過海面的導彈彈體，同時也看到在上空飛舞的海隼朝導彈直奔而去，拖著白煙尾，陸續衝向敵人的導彈。

一枚、兩枚、三枚……。

在海面各處出現了爆炸，濺起了水花。海隼擊破了由一三一艦隊發射的敵人「雄風Ⅱ型」反艦導彈。

『艦長！敵人導彈接近，紅旗發射！』

彈門情報管制室通知，金艦長大聲命令。

「好，紅旗發射！」『紅旗發射！』

聽到複誦聲。

霎時後部甲板聽到防空導彈紅旗61型連續發射的聲音。

拜託你了，紅旗。

金艦長以祈禱的心情看著飛翔而去的紅旗的軌跡。

4

湛藍的海洋上形成兩個輪形陣型，乘風破浪前行的是，東海艦隊第四護衛艦戰隊的艦影。

東海艦隊海軍航空隊第四戰鬥機師團第二攻擊飛行隊十八架的「強擊五型」攻擊機持續編隊飛行，在遙遠前方上空，護衛的第一戰鬥飛行隊十六架「殲擊七型Ⅲ」也是組成編隊飛行。

第三中隊一號機的張上尉，隔著座艙罩看著僚機強擊五型。

強擊五型（Q—5）是中國將自行生產的殲擊六型（原型機MiG—19）加以改良的對地攻擊機。與殲擊六型不同，機頭部前端形成尖頂型，進氣口移到機身側面。尖頂搭蓋了雷達測距裝置，以及搜索雷達等電子機器。機身比殲擊六型更長，為了強化方向的穩定性，垂直尾翼也增大。

護衛任務的殲擊七型Ⅲ，則是中國將原型機「MiG—21F」進行改良，而發展進化的新型戰鬥機。搭載西方最新電子機器，座艙裝備了HUD／WAC（仰頭螢幕以及瞄準電腦），號稱具有不亞於西方現代戰鬥機的性能。

已經有很多美國海軍第七艦隊的航空母艦艦載機飛上天空迎擊，而先行的我方殲擊七型戰鬥飛行隊與敵機展開空戰。在我方機制止敵機時，強擊五型攻擊飛行隊必須讓敵人台灣海軍第一三一艦隊和美國第七艦隊嚐嚐「空鷹」反艦導彈的滋味。

高度六千公尺，速度馬赫〇・九。

隔著座艙罩可以聽到劃破空氣的擦過聲音。

『進入戰鬥空域，攻擊機準備空鷹反艦導彈發射。』

第二攻擊飛行隊隊長陳空軍中校的聲音從耳機中傳來。

「了解。」

張上尉再度確認武器模式變成反艦導彈模式。

搜索敵人雷達的螢幕被敵人的ECM擾亂，但是ECCM出現了效果，可以模糊的看到第一三一艦隊或第七艦隊的位置。

第一三一艦隊都是小型艦，因此偵測雷達很難捕捉到艦影。而第七艦隊擁有兩艘巨大的航空母艦，雖然艦影清晰，但是，航空母艦以外的巡洋艦或驅逐艦、護衛艦等，都提高了輕巧性能，因此，雷達很難捕捉到。

「聽到了嗎？現在是展現平常訓練成果的時候了。」

張上尉鼓勵第三中隊的部下們。

『二號了解。』『三號了解。』……

聽到部下很有元氣的回答。

『通知攻擊隊全機，敵人導彈接近！準備防空導彈戰鬥。』

聽到我方AWACS的通報，張上尉看著偵測雷達，發現螢幕上出現了美國海軍軍機與編隊。

真想早點發射空鷹反艦導彈。搭載著沉重的空鷹反艦導彈在空中戰中會造成不利，即使想閃躲敵人導彈，但是因為機身太重而無法閃躲。

『目標敵人一三一艦隊，距離一〇〇，準備發射。』

聽到隊長機下達命令，張上尉再度檢查目標。

取得輪形陣型的第一三一艦隊的三號艦是他的目標。

鎖定目標。

張上尉用手指按住操縱桿的發射按鈕。

『發射！』

在命令下達的同時，張上尉也按下了發射按鈕。

「發射！」

連部下都可以聽到他的聲音。

從機身下方噴出噴射火焰的空鷹反艦導彈脫離機身，拖著白煙尾，朝向前方目標噴出。

張上尉看看周圍，部下的空鷹反艦導彈也陸續朝前方射出，總計九枚。

第一、二中隊的任務到此結束。

『第三中隊、第四中隊朝向第二目標。第一、第二中隊負責支援。』

「了解。」

張上尉將武器模式變成防空導彈空隼，檢查燃料箱的燃料。副油箱的燃料還沒有全部用完。

「通知第一中隊全機，這次要以美國為對象，大家跟我來。」

張上尉拉起操縱桿，讓飛機急速上升。

5

驅逐艦「西寧」乘風破浪，全速前進。

取得輪形陣型的台灣海軍新第一三一艦隊，加入敵人海鷹反艦導彈猛烈的高射炮火攻擊，海鷹反艦導彈被擊落了一枚又一枚，掉入海面。

第一三一艦隊是由法國製拉法葉級（康定級）最新驅逐艦六艘編成的，包括旗艦「康定」、「西寧」、「昆明」所組成的第五護衛戰隊，以及「迪化」、「武昌」、「成都」組成的第六護衛戰隊。

驅逐艦「西寧」觀察旗艦「康定」及「昆明」的動向，反覆左右閃躲運動。而在後方的「迪化」、「武昌」、「成都」三艘船艦也拼命的閃躲導彈。

配備在艦橋前方的「天劍Ⅱ」短SAM用VLS發射機，連續發射防空導彈，為了迎擊後續的海鷹反艦導彈而在空中飛翔。

「艦長！『武昌』中彈燃燒。」

偵察員大叫著。

站在驅逐艦「西寧」艦橋上的俞艦長用望遠鏡看著後方的「武昌」。距離數公里遠的「武昌」冒出黑煙，左舷中央被敵人海鷹反艦導彈擊中。

「接到『武昌』的緊急電報，主引擎停止，左舷附近開始浸水，不能航行……。」

俞艦長聽到通信員的報告後，緊咬著嘴唇。通信員繼續說道：

「……『成都』前往救援。」

『艦長！兩枚導彈朝著本艦接近，距離五〇〇〇。』

ＣＩＣ室的擴音器傳來警告。

「哪個方向？」

「三點鐘與兩點鐘的方向！」

偵察員叫道。

俞艦長用望遠鏡看著三點鐘的方向，看著超低空挺進的海鷹反艦導彈。

前甲板的ＯＴＯ梅拉七十六釐米單管火砲持續發射，砲彈形成彈幕。

裝備在兩側的三十釐米單管機關槍開始怒吼。

『距離三〇〇〇。』

在上甲板的二十釐米ＣＩＷＳ持續射擊。

再這樣下去會被導彈命中。

「左滿舵！」「左滿舵！」

『海鷹反艦導彈接近，距離二〇〇〇。』

ＣＩＣ室告知。

原先越過海面飛翔而來的海鷹反艦導彈，立刻像響尾蛇一樣彈跳起來。

俞艦長下達命令。

「發射鋁箔彈！」「發射鋁箔彈！」

鋁箔彈從舷側發射到空中，形成銀色的雲。彈跳的海鷹反艦導彈被三十釐米單管機關槍砲彈射中。

黑色的彈體被三十釐米的砲彈擊碎，但是，還是衝入銀色的雲中爆炸，濺起水花。

二十釐米CIWS霎時又擊中另一枚導彈的彈體，使其成為海中的藻屑。

突然射擊停止，俞艦長對雷達要員大叫著。

「敵人導彈呢？」

「現在並沒有發現敵人導彈的蹤影！」

俞艦長鬆了一口氣。

「報告損害。」

從艦橋環視四周，船艦似乎並沒有損害。

「無損害！」

與艦內各部取得聯絡的副艦長大叫著：

「接到旗艦的聯絡！『武昌』嚴重受損，『昆明』中彈，中度受損。」

這時警報聲響起，ＣＩＣ室的擴音器告知。

『第二波敵人反艦導彈接近！距離九十公里。這次是空中發射型的空鷹反艦導彈。』

一難才去一難又來。俞艦長立刻命令部下。

「準備發射天劍！準備防空導彈戰鬥。」

艦橋再度瀰漫緊張的氣氛。

6

「右滿舵！」「右滿舵！」

複誦聲響起，操舵員拼命旋轉舵輪趕緊回頭。船艦濺起大水花。甲板傾斜，船艦所引起的白色波濤使艦橋都濺滿了水。

『導彈接近！導彈接近！』

聽到戰鬥情報管制室的警告聲。

「十一點鐘方向！導彈！」

偵察員大叫著。金艦長好像祈禱似的看著十一點鐘方向。

敵人反艦導彈的黑色彈體擦過海面而來，七十六釐米單管火砲響起發射聲音，三十釐米接近高射機關砲發出了特有的牛吼聲。

砲彈衝向導彈，彈體在空中裂開。聽到咚的爆炸聲，同時濺起了大水柱。

「司令！『建德』中彈，不能航行！」

通信員大叫著。金艦長用望遠鏡看著後方。

驅逐艦「建德」的右舷破了個大洞，好像還在做垂死掙扎似的，持續往右邊掉頭，艦橋已經被黑煙包圍。傾斜的甲板上可以看到組員們來回奔跑。

突然，槍擊聲消失了。各艦發射的砲擊以及機關槍聲都已經停止了。

「左滿舵，方向二八〇……」

金艦長鬆了一口氣下達命令。

『第二波的導彈攻擊結束，但要警戒接連而來的第三波導彈攻擊。』

CIC室告知。金艦長對通信員和通話員怒吼著。

「命令各艦報告損害。」

金艦長和毛司令一起用望遠鏡觀察艦隊的狀況，看到各處冒起黑煙，總數大約七、八艘。

通信員向副艦長報告，副艦長說道：

「艦長，接到『南平』的報告，四十二隊的『梧州』『佛山』『惠州』三艘直接遭受攻擊，『梧州』與『佛山』沉沒，『惠州』前甲板嚴重受損，但機械室沒事，可以繼續航行，但是防空武器無法使用。」

全都是普通型反潛驅逐艦，當然，防空武器較弱的艦會成為敵人的餌食。

副艦長從通信員那兒接過電文，開始大聲唸出來。

『驅逐艦『萍陽』和驅逐艦『金華』嚴重受損沉沒，驅逐艦『瑞金』與驅逐艦『江門』甲板和舷側、艦橋中彈，一部分起火燃燒，現在消防隊正在滅火。」

「兩艦能夠航行嗎？」

「狀況不明。」

金艦長氣得緊咬嘴唇。

包括驅逐艦「建德」在內，五艘被擊沉，三艘嚴重受損，二十艘中損失八艘。

金艦長命令通信員。

「命令各艦調整防空戰鬥態勢，準備救出被擊沉僚艦的生還者。」

通信員複誦。

接到戰鬥情報管制室的通報。

『艦長，第三波的反艦導彈接近，方位095。這次是來自美國第七艦隊的反艦導彈攻擊。』

「好，知道了。」

金艦長緊咬嘴唇。反艦導彈迎擊態勢已經準備就緒。必須加以擊退第三波的反艦導彈攻擊，才能存活下來，但這並不是件容易的事情，只能聽天由命了。

毛司令面帶覺悟的表情說道：

「敵彈到達的時刻是？」

『還有十二分鐘。』

戰鬥情報管制室的聯絡士官回答。

毛司令命令通信員。

「通知全艦隊，各艦全力進行個艦防衛，期待各員決死的奮鬥。中華人民共和國萬歲！中華人民共和國海軍萬歲！」

金艦長握著艦內放送的麥克風。

「全員就戰鬥位置！要向世界展現中國海軍的勇猛，各員努力奮鬥，準備反艦導彈戰鬥！」

金艦長大叫著。

7

距離敵機七哩。

雷達鎖定。

響尾蛇偵測器發出電子音，這是捕捉到敵機所放出的紅外線的信號聲音。HUD顯示已經在範圍內。

安德雷・福克上尉按下操縱桿的發射按鈕。

大黃蜂機前端冒出白煙，響尾蛇向前飛出。

福克上尉將操縱桿往左倒，蹬方向舵，打開風門，增加速度，同時機身開始朝左急速旋轉，身體彎曲呈G字形。

隔著座艙罩看著右前方的天空，爆炸的閃光一閃，冒出白煙。一架飛機被擊落。

「擊落！」

福克上尉告訴僚機。

座艙中響起通知敵彈接近的電子音。

敵人的防空導彈追蹤而來。

「在哪兒？」

福克上尉看看周圍，打出鋁箔彈，背後形成鋁箔雲。那是紅外線追蹤導彈，會被鋁箔雲所放出的紅外線混淆，而引到鋁箔雲中。

『三號！四點下方！導彈接近。』

四號機懷德中尉的聲音從耳機中傳來。眼尾捕捉到拖著白煙尾的彈體身影。操縱桿往右，旋轉急速下降，導彈擦身而過，衝向前方。

福克上尉將機頭往上拉，加速急速上升。衝過頭的導彈又旋轉掉頭回來。頑固的傢伙。福克上尉連續發射鋁箔彈送到導彈前，然後急速上升。導彈衝入一個鋁箔彈中，閃耀光芒爆炸。福克上尉持續上升，雷達出現了敵機的蹤影。

『三號！敵機在後面！』

又聽到懷德中尉的聲音。雷達上出現兩架敵機的蹤影。

檢查剩餘的響尾蛇導彈數，在ＨＵＤ的右下角有顯示。剩下的數目是零。

短射程導彈都發射完了，武器模式自動變成機槍模式。

距離敵機八百公尺，即使有響尾蛇導彈，也因距離太近而無法發射，只好藉著二十釐米機關砲進行近距離格鬥戰。

彈數六百發，若持續發射，則不到十秒就發射完畢，所以必須要每隔數秒發射，擊落敵機。二十釐米機關砲彈只要有一枚擊中機身，機身就會像紙一樣裂開。

「我們來搖滾一下吧！」

福克上尉大吼著，將機頭朝向敵機。

敵機的機影飛入雷達的範圍內，雷達自動顯示目標鎖定。HUD上出現圓形的瞄準器以及表示射線的機槍十字。

細長的機影映入眼簾，IFF（敵我識別裝置）無反應，表示是敵機。

J－7Ⅲ，MiG－21的改良發展型。敵機尾隨著在前方的懷德機，似乎並沒有察覺到跟在後方的福克上尉機。

「四號，我跟在敵機的後面，你逃到上面去。」

這時聽到咔嘰咔嘰的開關聲音代替回答，在來不及回答時，就會以這種方式來表示『了解』。

被敵機尾隨的懷德機突然機頭朝上，拼命急速上升。

不斷的翻轉，讓敵機無法射擊。

福克上尉將機身反轉，點燃助燃器，身體彎曲呈G字形，機身急速上升。

敵機的駕駛也將機身反轉，察覺到有飛機跟蹤。

敵機不斷的反轉機身，似乎想讓福克上尉機射擊過遠而無法射擊。

真是蠢蛋！

福克上尉為了避免追過敵機而讓機身旋轉，然後突然朝左急速旋轉。關上風門，減慢速度。

敵機放棄追蹤，懷德機開始往右轉，打算閃躲福克上尉的追蹤。結束旋轉的福克上尉機尾隨在敵機的後面。

瞄準器捕捉到敵機。

鎖定！

敵人想要逃離鎖定，持續旋轉反轉，急速旋轉想要逃走。

福克上尉一直緊跟在敵機背後，按下操縱桿的射擊按鈕，輕輕按下按鈕不到五秒鐘。

二十釐米機關砲彈好像立刻被吸入敵機的機影中似的。

霎時，敵機的機身冒出白煙，接下來的瞬間，右主翼斷裂，機身不斷旋轉，開始墜落。

「擊落！」

福克上尉脫離敵機的背後，接著又急速上升，用雷達偵測周圍的敵機。

『四號呼叫三號，完畢。』

聽到懷德中尉的聲音。

「還不能掉以輕心，不知道敵人還會從何而來，不能鬆懈，不要離開我喔。」

福克上尉確認懷德機跟在後方，同時說道：

「檢查燃料。」

福克上尉看著燃料計，燃料消耗了很多，但是還足夠回航，如果持續空中戰，則燃料不足。

『飛龍領隊呼叫各編隊。』

聽到隊長格雷夏姆中校的聲音從耳機中傳來。

『報告損害。』

聽到各編隊長的回答。

『A級領隊呼叫各級領隊，報告損害。』

「B級無異狀。」

聽到福克上尉的回答。各編隊陸續向編隊長報告。

第一九二戰鬥攻擊飛行隊十二架中失去了三架。福克上尉在戰鬥中也親眼目睹到同志六號機冒著黑煙墜落。

聽到格雷夏姆隊長的聲音。

『敵機撤退了，沒有追擊。我方支援不久就會趕來，與他們交替，全機ＲＴＢ（回航）。』

「收到。」

福克上尉回答。

放倒操縱桿，機頭朝向南方。後面跟著四號機的懷德中尉機。

可以看到隨著格雷夏姆中校一號機的二號機機影。

加快速度飛到隊長機的右邊。四號機則尾隨在斜後方。

第一九二戰鬥攻擊飛行隊的九架飛機組成編隊，準備飛回航空母艦「小鷹號」。

8

艷紅的陽光沉入西方的水平線。沐浴在陽光下的海面呈現金色，看起來好像有黃金柱挺立。

先前轟炸周圍的砲聲與槍擊聲、反艦導彈的爆炸聲都停止了，四周歸於寧靜。科斯納艦長覺得耳鳴，先前還是戰場的海域還冒著黑煙。

上空還有回到航空母艦的艦載機不斷的飛來，轟隆聲不禁讓人想起戰場的緊迫感。

艦橋又恢復了平常的冷靜。

「報告損害。」

馬歇爾司令官大聲叫著，同時看著望遠鏡。在一旁的科斯納艦長也用望遠鏡看著導彈驅逐艦「卡茲號」。同樣的誘導導彈驅逐艦的「馬克爾斯基號」被導彈擊中，中度受損。

「卡茲號」似乎被導彈擊中煙囪附近，不斷的冒出黑煙。在上空警戒的F－14

熊貓兩架編隊，發出噴射引擎聲，飛過驅逐艦的上方。

「卡茲艦長報告，導彈擊中艦橋正後方，CIC室遭到破壞。有四十多名死傷者，目前仍在延燒中，正在努力滅火，要求救援及運送傷者。」

「好，回電告訴他們知道了。尼米茲號趕緊用直升機載運醫療班到卡茲號去，趕快將重傷者搬運到尼茲號的野戰醫院。能夠航行嗎？」

「無法靠自己的力量航行。」

馬歇爾司令陸續對通信員做出指示。

「好吧，那麼通報休伊特號救援卡茲號，拖它回去。」

「通報休伊特號。」

「通知卡提斯·威爾巴號以及沙奇號，支援休伊特號以及卡茲號，進行反潛防空警戒。」

聽到複誦。

另一個通信員大聲說道：

「接到馬克爾斯基號艦長的報告。馬克爾斯基號後方甲板的直升機機腹附近中彈，搭載直升機燃燒，目前火勢已經撲滅。死者六人，輕重傷者十二人。現在傷者用直升機運送到小鷹號上，送到醫院中。」

「能夠航行嗎？」

「可以自行航行。」

「很好。聯絡洛德尼・M・大衛號以及移動灣號，一定要掩護馬克爾斯基號，負責警戒。」

馬歇爾司令官對CIC室說道：

「告知敵人狀況。」

『敵人艦隊敗逃，敵機編隊由於我方的迎擊而深受打擊，殘機全都退回大陸。根據偵察衛星鷹眼的報告，並沒有敵人攻擊的徵兆。』

CIC室的戰術士官回答。

「很好，能夠稍微安心一下。」

馬歇爾司令官嘆了一口氣，整個身子貼在司令席的靠背上。

科斯納艦長用望遠鏡看著冒著黑煙的「卡茲號」。敵人的反艦導彈遇到二十釐米的CIWS的機關砲彈而裂開，彈體的一部分仍然按照慣性挺進，因此擊中卡茲號。

CIC室的擴音器傳來海軍作戰部前任參謀史丹佛上校的聲音。

『報告狀況。突破我方第一、第二防衛線的敵人反艦導彈，第一波七枚，第二波十二枚，總計十九枚。其中兩枚命中卡茲號及馬克爾斯基號，剩餘的全被擊落。航空母艦尼米茲號以及銀行山號，由於爆炸的反艦導彈一部分落在艦上，因此兩艦都有輕微的損害。』

「好，繼續。」

『由尼米茲號、小鷹號出發的攻擊隊和台灣一三一艦隊，一起對敵人東海艦隊第四護衛艦戰隊二十艘發動反艦導彈攻擊，至少擊沉十艘，六艘嚴重受損，無法航行。根據偵察機的報告，剩下的四艘也受到一些損害，無法航行，停在現場海域。目前正在救援起火燃燒的僚艦的組員。怎麼樣？第二次攻擊隊要不要對剩下的四艘進行攻擊呢？』

「不需要再攻擊了。讓敵艦去救援吧！」

『知道了。命令他們撤回第二次攻擊隊。』

「我方的損害情況如何？」

『第一次攻擊隊一架熊貓、四架大黃蜂被擊落。目前在該海域的救援直升機和救援偵察機總共救出一人，目前正在搜索另外四人的下落。』

「是嗎？那麼台灣海軍第一三一艦隊的損害情況呢？」

『康定級驅逐艦兩艘被反艦導彈擊中，一艘嚴重受損，起火燃燒，自沉。另外一艘中度受損，能夠自行航行，正準備脫離戰場。』

「辛苦了。我們也要脫離戰場了。培根參謀長的意見呢？」

培根參謀長代替史丹佛上校發言。

『馬歐爾司令官，我也贊成暫時脫離戰場。必須要填補卡茲號以及馬克爾斯基號的空缺。不久之後，護衛第一航空母艦群的賓森斯號、卡辛格號以及約翰・S・麥肯號都會陸續到達，調整艦隊的態勢之後再出擊吧。』

馬歐爾司令官回頭看著科斯納艦長。

「那麼，科斯納艦長，一八一〇時，指示艦隊全隊往琉球海域出發。」

「遵命！」

科斯納艦長看著手錶，命令通信員。

「通知全艦，五分鐘後的一八一〇，艦隊一起回航。」

「通知全艦，一八一〇一起回航……」

通信員複誦。

要將訊息傳達到全艦，需要三分鐘。艦長接到各艦了解的回答之後，命令操舵員。

「右舵二〇度，方向〇八五，第三戰速。」「右舵二〇度，方向〇八五，第三戰速！」

操舵員複誦，轉動舵輪。

USS登陸指揮艦「藍山脊號」的艦頭緩緩的朝右轉。

9

北京·總參謀部作戰本部會議室　8月18日　一七三〇時

中尉聯絡軍官，慌慌張張的跑進室內。中尉臉色大變，跑向海軍周上校，對他耳語。

周上校皺著眉不停的點頭，小聲的回問。

「上海、南京、徐州等南京軍管區的主要都市都被叛軍佔領，為了鎮壓，北京軍區派出四個師團和一個機甲師團，真的有這種兵力嗎……」

聽到狀況報告的秦中將似乎感受到不尋常的氣氛，因此，制止正在報告的參謀中校的發言。

「怎麼回事?發生了什麼事?」

秦中將詢問周上校。

「剛剛接到東海艦隊司令部的緊急報告。」

周上校苦著一張臉，搖搖頭。

「本日一六三〇時，東海艦隊第四護衛艦戰隊與敵人台灣海軍第一三一艦隊和美國第七艦隊交戰，遭受毀滅性的打擊。」

會議室的參謀們一陣喧嘩，秦中將比出手勢要他們安靜。

「毀滅性的打擊是指什麼打擊?」

周上校拿著聯絡官遞給他的便條紙。

「二十艘艦艇中十艘被擊沉，六艘嚴重受損不能航行，自沉。第四戰隊的旗艦『西安』被擊沉，戰隊司令毛富林少將以及『西安』艦長金少甫上校、參謀長等，全員隨著戰艦一併戰死。」

會議室瀰漫著沉痛的氣氛，一片寂靜。

「剩下的四艘有三艘中彈，艦橋等遭到中度破壞，只有一艘無損害。」

周上校看著秦中將，繼續說道:

「被擊沉的是旗艦『西安』以及『建德』、『萍陽』、『瑞金』、『益陽』、

『常德』等六艘驅逐艦，還有第四二護衛隊旗艦驅逐艦『南平』、『梧州』、『佛山』、『金華』等四艘驅逐艦。而嚴重受損、自沉的船艦，則是驅逐艦『江門』、『南通』、『撫州』，護衛艦『惠州』、『合肥』、『華安』等六艘。勉強得到支援的四艘是驅逐艦『黃石』，以及護衛艦『金門』、『潮安』、『鎮平』，其中驅逐艦『黃石』無受損。」

「敵人艦隊的損害呢？」

「擊沉台灣海軍一三一艦隊一艘船艦，還有一艘嚴重受損。而美國第七艦隊方面，遭受我國海軍航空部隊的空鷹反艦導彈攻擊，以及第四護衛戰隊的海鷹反艦導彈攻擊，擊沉了一艘導彈驅逐艦和導彈護衛艦。另外，巡洋艦以及四艘驅逐艦受損，但是尚未用偵察衛星確認。」

「航空母艦沒有損傷嗎？」

「真的很遺憾，但是一三一艦隊與第七艦隊害怕我方航空部隊的攻擊，已經後退了。」

「海軍航空部隊的損害呢？」

「我方海軍航空部隊共出擊了一二〇架，其中二四架被擊落或失蹤。」

「航空部隊對航空母艦的打擊程度如何？」

「擊落兩架台灣空軍軍機，而美國海軍航空飛機則有四架被擊落。」

「是嗎？真是慘敗。」

秦中將深深的嘆了一口氣後站了起來，開始在會議室中踱步。擠在會議室裡的十幾名參謀幕僚默默無語的看著秦中將。

「叫發言人來。」

「是的，現在立刻就去。」

聯絡軍官連忙走出房間。

「你要做什麼？」

周上校訝異的問道。

「這時要巧妙的利用慘敗進行心理戰。召開記者會，宣布我方第四護衛艦戰隊意外遭遇台灣海軍以及美國第七艦隊的攻擊，嚴重受損。但是我方東海艦隊第四護衛艦戰隊與海軍航空部隊互助合作，給予敵人反擊，使得一三一艦隊與美國第七艦隊遭受嚴重打擊。雖然失敗了，但是要宣傳捨身向敵人反擊，如此才能鼓舞人民。否則人民可能會因為美軍陸海空三軍發射的巡弋導彈的攻擊而委靡不振。」

秦中將環視著幕僚們。

「各位，如此的狀況對我軍不利，你們想想該如何挽回這種狀況呢？」

參謀們一動也不動的聽著秦中將的話。

10

夕陽落到山間，黑夜悄悄來臨。

登陸海灘的氣墊型登陸艦發出引擎聲，兩輛輪動裝甲車開過來。糧食、彈藥等物資陸續卸下，運到聚集場。

PKF派遣陸上自衛隊先遣部隊第二旅團設施大隊的隊員們，利用剛登陸的推土機，以及油壓鐵鏟、斗式裝載機等，在登陸附近的小高丘上建立一個堅固的陣地。已經挖掘好戰壕以及掩蔽壕，並在陣地周邊架設了鐵絲網。

隊員們用鐵鏟將土沙裝入袋中，做成沙包。

三·五噸卡車以及傾卸汽車、資材搬運車忙碌的往返於陣地與海岸的貨物聚集場之間，搬運資材、彈藥等貨物。

聽到上空轟然作響，大型運輸直升機掠過，暫時禁止在陣地內建造臨時停機坪上，激烈的強風吹動雜草與樹木，掀起灰沙與塵土。地面的要員們趕緊跑向直升機上垂吊下來的高機動車，鬆開繩索。

高機動車在大地上奔馳，然後搭載大批人員的直升機緩緩降落。門打開後，全副武裝、帶著藍色鋼盔的人員在號令下離開了直升機。

建築在陣地高台上的司令部帳篷裡，設施大隊長志木陸上自衛隊中校，看著攤開在簡易桌上的地圖，負責陣地建造的指揮。

高台上豎立著藍色的聯合國旗以及日本旗、中華民國國旗隨風飄揚。

帳篷中，台灣陸軍軍官們聆聽指揮登陸作戰的海軍自衛隊幹部，以及陸軍自衛隊設施大隊幹部的作業順序說明。

自家發電機的馬達聲不斷響起，電燈照亮著篷內。

登陸作業與陣地的建造進行順利。到目前為止，並沒有受到敵人的砲轟或攻擊。在遠處可以聽到如遠雷般的砲聲與轟炸聲，不過是在距離最前線六、七十公里的位置，所以並沒有直接捲入戰爭中。

志木中校坐在輕便椅上，透過翻譯聽台灣軍官與海上自衛隊、陸上自衛隊幹部們的談話。

「最後一批登陸艇即將到達。」

通信兵陸士長，在無線機前耳朵抵住接收器通知。

「是嗎?」

志木中校點點頭。

在遙遠的上空，有由兩架飛機編隊的鷂式戰鬥機盤旋。

一旦登陸作戰結束，在海灘的護衛艦隊撤退，登陸台灣的陸上自衛部隊就只有我們而已。今後到本隊登陸之前，可說是陷入孤立無援的狀態中。

通信兵陸士長遞出無線電話機。

「隊長，『大隅』艦長呼叫。」

「哦?」

志木中校拿起通話器。「大隅」艦長傳來小島海上自衛隊海軍上校的聲音。

『志木隊長，登陸作業即將結束，希望你們PKF成功。』

「謝謝!」

『根據先前的資料情報，第七艦隊與台灣艦隊似乎擊破的中國東海艦隊。現在台灣海峽的制海權已經從中國移到台灣方面了。對於補給線受到威脅的中國而言，戰爭拖得太久，對他們不利，故在台灣本島的戰鬥將會更吃緊。這可以說是聯合國和平執行軍活躍的關鍵時刻。加油囉!』

「是的，我會全力以赴。」

志木中校在緊張中瀰漫著一股武者的興奮感。通話結束。

在帳篷的入口，帶著藍色鋼盔的近藤陸上自衛隊少校帶了幾名部下快速的走了進來。

近藤少校走向志木中校，向他敬禮。

「陣地的周邊七處設立了觀測點，安排隊員。」

近藤少校是第二旅團第十五普通科連隊第一中隊長。

這是將來真正登陸的第二旅團第十五連隊戰鬥團的先遣部隊，第一中隊二百人為了支援設施大隊而登陸。

「很好，不知道敵人什麼時候會來攻擊，在尚未完成本隊的登陸之前，一定要保持嚴密警戒的態勢。」

志木中校向近藤少校答禮。

終於輪到我們陸上自衛隊出場了。首先就是我們先遣部隊，想到此處，覺得責任重大，令志木中校覺得既緊張又興奮。

11

太陽隱藏在台灣的山後，黑夜來臨了。

海面上波濤起伏，護衛艦「春雨」的艦橋上，國松艦長看著結束卸貨的登陸工作，濺起水花回航的四艘氣墊型登陸艇LCAC。

先前LCAC已經往返海岸部和登陸艦「大隅」、「知茶」好幾次了。

在空中的大型運輸直升機，也往返於陸地和登陸艦之間好幾次，載運兵員和大砲、車輛等武器彈藥。

大型運輸直升機做出最後的巡禮後，飛離了「大隅」和「知茶」的飛行甲板，朝海岸部飛去。

在上空警戒的鷂式Ⅲ戰鬥機，陸續在已經完成卸貨工作的「大隅」和「知茶」的飛行甲板降落。

「艦長！接到『大隅』和『知茶』的聯絡，終於結束了登陸作戰，感謝支援。」

「回電說了解。」

通信員複誦。

國松艦長用望遠鏡看著海上。

組成輪形陣型的海上自衛隊聯合艦隊的黑色艦影，浮現在海上的黑暗中。僚艦傳來發光信號，因為如果利用無線通信，可能會被敵人攔截，如果用發光信號就不用擔心這個問題了。

通信員看著發光信號向艦長報告。

「艦長！來自旗艦的聯絡。一八三〇，我們開始朝向琉球本島海域移動，方向〇六〇。在琉球海域和第七艦隊會合，要前往東海擊滅中國北海艦隊航空母艦戰鬥群。」

「回電，『春雨』了解。」

通信員跑向發光信號機回答。

距離一八三〇，還有十五分鐘。

必須要做好全艦出航的準備才行。國松艦長對著艦內放送的麥克風說道：

「一八三〇，我們聯合護衛隊群要出航，全員做出航準備。」

這時艦內的行動顯得有點慌亂。

「微速前進，方向〇六〇。」、「微速前進，方向〇六〇。」
聽到複誦聲。
國松艦長看著夜幕低垂的海面。
原先被夕陽染紅的天空，漸漸暗了下來。
國松艦長祈禱日本旗不要染上鮮血。

12

台灣·高雄市政府大樓地下室　臨時總統府總統辦公室　8月18日　二〇〇〇時

參謀總長朱孝武面帶微笑的向李登輝總統報告。
「……我軍一三一艦隊和第七艦隊，大致擊退了中國海軍的東海艦隊，狀況完全改變了。」
李登輝總統以平靜的語氣詢問，似乎還難以置信似的。
「的確如此。敵人在台灣海峽只剩下南海艦隊的幾艘驅逐艦，還有東海艦隊的幾艘驅逐艦，總計只有十艘左右，剩下的只是高速導彈艇和潛水艦戰隊而已。當然，中國潛水艦的戰力不容忽視，但是，對於要支援登陸台灣北部的中國侵略軍的補給路線而言，是比較脆弱的戰力。應該警戒的是，在大陸沿岸展開的中國空軍。不過他們沒有確保海峽制海權的力量。相對的，我方今後將有日軍、美軍以及歐洲各國的軍隊，還有亞洲鄰近諸國的軍隊等聯合國和平執行軍參戰，在戰力方面將會超越中國，能夠充分確保補給路線。」

參謀總長朱孝武斷然說著，同時用手指著攤在桌上的地圖。

「我想，趁此機會，我方應該積極作戰才對。」

「你認為該怎麼做呢？」

李登輝總統和圍在桌前的幕僚們互相對看。

「要擊潰中國的台灣侵略軍，首先要瓦解來自空海的敵人補給路線，斷絕糧食供應。這必須要傾注全力，因此，我國海空軍與華南共和國海空軍要聯合展開一大反攻作戰。」

「和華南共和國海軍聯合嗎？」

李登輝總統很訝異。

「是的，華南共和國已經軍事援助我國。當然，不光是我國，還有來自美國、日本的暗中援助。在金門、馬祖的我軍也和華南共和國軍會合，與北京軍隊作戰。不光是陸軍，連海軍也要聯合。華南共和國軍海軍大致上沒有損傷，驅逐艦和護衛艦共有二戰隊七艘，高速導彈艇和魚雷艇也有一〇〇艘。的確，驅逐艦和護衛艦是舊式艦艇，防空武力脆弱，但是反潛裝備則不差。而台灣對中國海軍潛水艦進行海上封鎖，因此我國海軍無法將勢力集中於海峽。我國海軍戰力有八成必須要進行海上補給路線的防衛。」

李登輝總統，對於參謀總長朱孝武的說明也點頭表示同意。

台灣南部的主要港口高雄的海上補給路線，是穿越中東阿拉伯油產國，到印度洋南海的西南航路，以及由菲律賓呂宋海峽通過太平洋的日本美國航路，這些都受到中國海軍潛水艦的威脅。

而遭到攻擊的是從中東運石油的運油船，以及從日本及美國、澳洲等地載運戰略物資的貨船。中國海軍潛水艦神出鬼沒，不光是南海，甚至進攻到遙遠的印度洋和南北太平洋。不光是台灣船籍的貨船，連到台灣或日本的船隻都一律進行攻擊。

一個月內，油船和貨船共二十七艘被擊沉，嚴重受損，故台灣海軍的艦隊也趕到遙遠的印度洋和太平洋負責船團護衛工作。

「具有反潛能力的華南海軍，可以代替我方海軍協助南海的海上補給路線防衛工作。而我國則可以將目前在南海的第一四六艦隊抽調回來，到台灣海峽支援負責海峽防衛的第一二四艦隊，使得脆弱的中國南海、東海艦隊承受海峽南方一二四艦隊與一四六艦隊的壓力，而北方則由一三一艦隊與一六八艦隊夾攻，奪回海峽的制海權。」

「但是，中國方面不是有強大的北海艦隊嗎？」

「如果北海艦隊出動，第七艦隊和日本艦隊將前往迎擊。亦即一三一艦隊和一六八艦隊是誘餌。」

「國防部長謝毅，你認為如何？」

李登輝總統徵求在閣僚中平常與參謀總長朱孝武對立的國防部長謝毅的意見。

「這次我也非常贊成參謀總長朱孝武的戰略。如果能與華南共和國保持緊密的軍事協助關係，相信會對北京政府構成一大威脅。」

國防部長謝毅很滿意的點點頭。李登輝總統看著閣僚們。

「如果其他人沒有異議，那麼就支持參謀總長朱孝武所擬定的聯合作戰計劃，策定一大反攻作戰。」

「知道了。」

參謀總長朱孝武坐在座位上，興奮得臉都紅了。李登輝總統看著外交部長薛德餘。

「外交部長，你好像也有重要的報告要提出來。」

外交部長薛德餘從座位上站了起來，拿出手邊的文件。

「在先前的報告中我已經說過了，滿洲共和國贊成與我國和華南共和國三國同盟，但是在何時、何處進行簽約儀式，以及對內外發表三國之間要進行調整？」

「嗯，在什麼時候、什麼地點進行呢？」

「根據劉仲明特別顧問交涉的結果，認為最好在第三國日本東京進行，而簽約儀式最遲在八月底前進行，在這一點上達成了共識。劉仲明特別顧問與日本政府相關人士商量的結果，日本政府也很願意提供適當的場所。」

「外交部長薛德餘，你認為什麼時候可以簽約呢？」

「我想大約是八月二十七日或二十八日吧。」

「簽約儀式我一定要去嗎？」

「總統不需要出席，可以由我代表我方政府前往。」

「這樣對滿洲共和國與華南共和國會不會太失禮呢？」

「滿洲共和國與華南共和國都不是經由民主選舉選出的民主政權，只是臨時政府，派出的代表也只是臨時代表，等到議會成立後，就必須接受議會的批准。」

「我國也是同樣的情況，現在還沒有辦法召開議會呢！」

「因此，一切都要等到戰爭結束再說。」

外交部長薛德餘說道：

「三國同盟的成立非常重要，但是還有改變戰爭局面的重大工作，由特別顧問劉仲明負責進行。」

「哦？是什麼事啊？」

「配合三國同盟的成立，決定滿洲共和國軍隊要攻入北京。」

辦公室的閣僚們一陣喧嘩。

「滿洲共和國軍要求我們要答應兩個條件，他們才願意出兵。第一就是我們台灣和華南共和國也要同時進行一大反攻作戰。也就是先前參謀總長朱孝武擬定的作戰計劃，想要進行奪回海峽制海權作戰以及從台灣本島擊潰中國軍隊的計劃，所以我想應該沒問題。」

「那麼，另外一個條件呢？」

「要日本和美國承認滿洲共和國，兩國同意軍事支援滿洲共和國，甚至要求派遣日軍、美軍前往。」

「關於這一點，是美國政府與日本政府的問題，我們也沒有辦法。日本政府與美國政府怎麼說呢？」

「日本政府和美國政府在承認滿洲共和國方面沒有問題，但是，要日本政府表態，進行軍事支援就很困難了。因為他們受到憲法的限制，甚至拒絕對我國進行軍事支援，根本無法派兵。

美國政府就算能夠進行軍事援助，可是對於出動陸軍部隊還是感到猶豫不決。就算是已經與他們締結軍事同盟的我國，他們也不願意派遣陸軍部隊前來。」

「的確是較困難的要求。該怎麼辦呢？」

「關於這一點，特別顧問劉仲明現在還在與日本政府和滿洲共和國之間進行折衝。如果折衝順利，則滿洲共和國軍將會大舉進攻北京，打倒北京政府的可能性也很大，我國也可以透過美國對日本施加壓力。」

外交部長薛德餘看著李登輝總統。

「沒關係，我在日本有很多朋友，我來想想辦法。」

李登輝總統微微點頭。

第三章　邊境暴動

1

上海市南京路　8月19日　正午

戰爭還沒有結束，但是南京路的繁華街道就好像和平時一樣，人潮擁擠。群眾幾乎都是年輕的學生或公司職員、工廠勞工，其中也有人民解放軍的士兵們。

在南京路大樓的屋頂上，第五十二師團的士兵架設防空陣地，機關槍和防空導彈瞪著上空。

北鄉勝在可以俯瞰南京路的餐廳二樓，坐在圓桌前和于正剛及其親信們談笑風生。于正剛的旁邊坐著表情嚴肅的趙忠誠隊長以及前少校尹洛林。

在餐廳內，手持機關槍的武裝護衛兵進行嚴密的警戒。這都是趙隊長所率領的游擊隊部下。

南京軍管區司令部民主革命將校團群起反叛，第五十二師團的士兵們武力鎮壓南京，而第二十九師團的士兵們則武力控制徐州的第十二集團軍司令部。

北京方面覺悟到這種事態要徹底擊潰南京、上海方面的叛亂，但是似乎狀況判斷錯誤，並沒有立刻發動攻擊。

原因之一就是，北鄉勝等人擾亂了南京軍管區及鄰近濟南軍管區的電腦通信網，遍撒假情報。而北京軍事政權被假情報愚弄，無法掌握正確的狀況，因此對應遲緩。

在這段期間內，民主革命將校團已經發動第五十二師團以及第二十九師團。不光是上海特別市，南京、徐州、揚州、蘇州、無錫、鎮江等，江蘇省軍區的主要都市都受到了控制。

南京軍管區是由江蘇、浙江、福建、江西、安徽五個省軍區，以及上海警備軍區構成。江蘇省徐州有第十二軍、浙江省軍區杭州有第一軍、福州省軍區廈門有第三十一軍，而三個集團軍是由二個機甲師團、十一個步兵師團、一個砲兵師團、一個防空師團所構成的。

其中廈門的第三十一軍通稱福建軍的三個步兵師團，反對台灣攻略的戰爭，投靠希望能夠從北京分離、獨立出來的華南共和國軍。

而以杭州第一軍為主的二個機甲師團與五個步兵師團、一個砲兵師團、一個防空師團，則投入台灣攻略作戰及華南戰線，南京軍管區只剩下第十二軍的二個步兵師團。

鄰近的濟南軍管區則只有山東與河南二省軍區，不過因為鄰近重要的北京軍管區，故設置了四個集團軍，配置二個機甲師團、十三個步兵師團、一個砲兵師團、三個空艇師團。

濟南軍區的集團軍具有當北京方面萬一有事時，當成戰力預備軍的責任，同時也負責緊急應對部隊的任務。

但是，濟南軍管區已經有二個集團軍、一個機甲師團、七個步兵師團派到台灣戰線或華南戰線。此外，一個集團軍、一個機甲師團、三個步兵師團派遣到東北戰線。另外，將三個空艇師團全部緊急派遣到香港、廣州戰線及台灣戰線，只剩下一個集團軍。河南省的一個步兵師團、山東省的二個步兵師團。

因此，即使上海、南京發生叛亂，北京政府也無法立刻發動濟南軍管區殘餘的少許兵力。

如果南京軍管區的叛軍有二個步兵師團，要加以鎮壓，就需要三倍的兵力六個師團才行。

「到底北京方面會怎麼做呢？看來北京絕對不會放任上海及南京民主勢力的崛起，一定會採取行動。」

趙隊長嘴裡塞滿北京烤鴨，詢問于正剛。

北鄉與趙忠誠也想問同樣的問題，因此豎耳傾聽。

「全體的戰況是出乎北京意料之外的狀況。第一就是華南戰線陷入膠著狀態，廣東軍和廣西軍在山岳地帶頑強抵抗，抵擋北京軍。廣東軍奪回香港與澳門，取回了大半的廣東省。北京雖然想要立刻從成都軍區派遣增援部隊，但是，在西藏持續暴動、叛亂，而雲南省與四川省的夷族等少數民族開始游擊鬥爭，這些都不容忽略。」

于正剛很愉快的笑道。

「哦？這麼說來，我的工作奏效囉？奔波於西藏、雲南、四川省之間，說服當地少數民族的領導者們，終於有了成果。」

「不愧是于正剛先生。真是佩服。」

趙忠誠很佩服似的搖搖頭。

「另外一點就是，鄰近華南戰線的福建戰線。福建軍和從金門、馬祖抽調出來的台灣軍一起接受廣東軍的支援，在福建省南部佈陣作戰。福建軍方面有來自前北京總參謀部倒戈的參謀，藉著參謀作戰能夠扭轉整個情勢。」

「這個參謀叫什麼名字啊？」

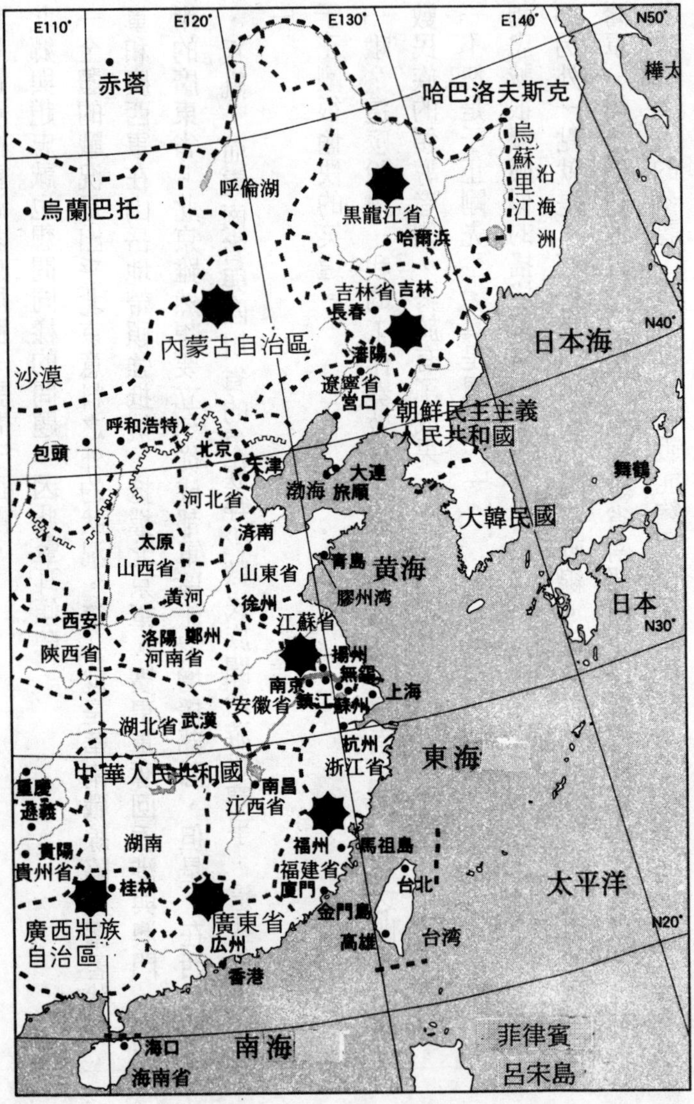
E110°
E120°
E130°
E140°
N50°
N40°
N30°
N20°
樺太
赤塔
哈巴洛夫斯克
烏蘇里江
沿海洲
呼倫湖
黑龍江省
烏蘭巴托
哈爾浜
吉林省
吉林
長春
內蒙古自治區
日本海
瀋陽
沙漠
遼寧省
營口
朝鮮民主主義人民共和國
呼和浩特
包頭
北京
天津
大連
旅順
渤海
舞鶴
河北省
大韓民國
太原
濟南
青島
黃海
山西省
山東省
黃河
膠州湾
徐州
日本
西安
江蘇省
洛陽
鄭州
陝西省
河南省
揚州
無錫
南京
上海
安徽省
鎮江
蘇州
湖北省
武漢
杭州
浙江省
東海
中華人民共和國
重慶
遵義
南昌
江西省
湖南
福州
馬祖島
貴陽
貴州省
福建省
台北
太平洋
桂林
廈門
廣東省
金門島
廣西壯族自治區
高雄
台湾
広州
香港
菲律賓
海口
南海
海南省
呂宋島

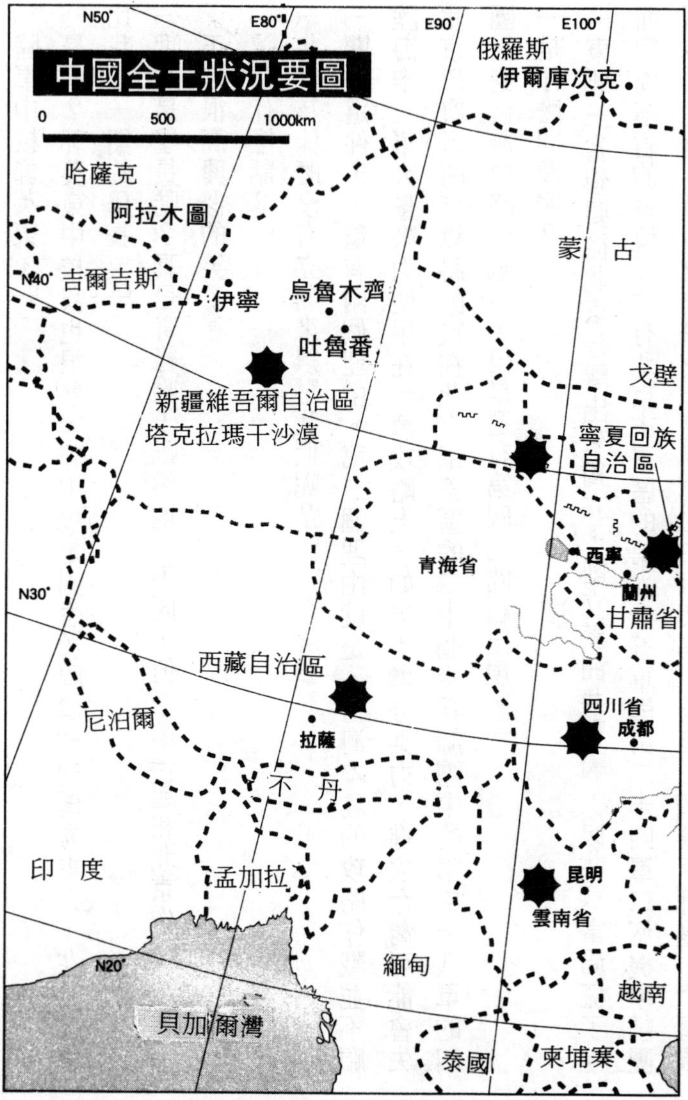
中國全土狀況要圖
0
500
1000km
N50°
E80°
E90°
E100°
N40°
N30°
N20°
俄羅斯
伊爾庫次克
哈薩克
阿拉木圖
蒙古
吉爾吉斯
伊寧
烏魯木齊
吐魯番
戈壁
新疆維吾爾自治區
塔克拉瑪干沙漠
寧夏回族自治區
青海省
西寧
蘭州
甘肅省
西藏自治區
四川省
成都
尼泊爾
拉薩
不丹
印度
孟加拉
昆明
雲南省
緬甸
越南
貝加爾灣
泰國
柬埔寨

前少校尹洛林問道。

「陸軍中校郭英東。」

「是嗎？郭英東中校我也很熟。郭中校是出生於福建省的優秀軍人，在幹部學校是比我早一期的學長。」

「哦？是學長嗎？真是奇緣啊！雖然地方不同，但是卻一起和北京作戰。」

于正剛很高興似的笑了。

「這是什麼話？」

「北京為什麼沒有立刻來鎮壓我們呢？」

「關於這件事，還有兩個理由。第三個理由就是，台灣本島的攻略作戰並不順利，陸海空三軍大量戰力使用在台灣攻略上，如果不增強兵力，進攻台灣可能會失敗。北京政府目前打算將配置在北京軍管區的二十個步兵師團中的第二十八軍的四個師團送到台灣攻略作戰中，但是還有第四個問題出現。」

「是什麼問題啊？」

「東北三省想要從北京分離出來獨立，創立滿洲共和國，使北京當局慌了手腳。而與遼寧省的省境以往有北京市軍區的第六十五軍與第二十四軍二個機甲師團與六個步兵師團，還有來自濟南地區的第二十六與第二十軍二個機甲師團、六個步兵師團，以猛烈的軍事壓力鎮壓。但是這些威脅都無法奏效，滿洲共和國成立之後，比起台灣獨立而言，對北京當局恐怕是更大的衝擊，因此忙著應付這個問題，沒想到又發生了第五個問題。」

大家屏氣凝神的聽著。

「這次北京軍區的內蒙古自治區與蘭州軍區的寧夏回族自治區，一起要求自治獨立，展開真正的游擊戰。雖然是秘密進行，但是內蒙古游擊軍中也有蒙古正規軍的士兵參加，軍事援助蒙古。寧夏回族游擊隊，簽定與內蒙古游擊隊共同奮鬥的協定。」

「難道讓內蒙古游擊隊與回族游擊隊結盟的是于正剛先生嗎？」

趙問道。于正剛面露曖昧的表情笑了起來。

「我不可能像超人一樣飛來飛去，只是時機成熟而已。只要稍加努力，就能夠達到這個理想。北京軍正面與滿洲共和國軍對峙，在背後的北部和西部又遭受游擊隊的攻擊，真是腹背受敵。再加上蘭州軍區內新疆維吾爾自治區維吾爾人的獨立運動與游擊隊的鬥爭激烈化，而蘭州軍區又有回族叛亂的問題，故要求北京軍區派遣增援部隊。預料這六個問題會使得中國全境都燃起戰火。」

「北京即將開始與日本的戰爭，這次聽說美國也會介入。」

尹少校搖搖頭，于正剛則點點頭。

「根據我先前接到的情報，美軍發射的巡航導彈戰斧約有二〇〇枚。轟炸北京軍管區的軍事設施，半數遭到破壞。通信、雷達與東風導彈設施也遭受攻擊，連中南海的中央軍事委員會的地下會議室也遭到破壞，軍隊總參謀部和總政治部的建築物都被擊毀。在遼寧省省境內展開的機甲部隊，也因為有很多戰斧導彈落下，很多戰車都遭到破壞。在青島和旅順等軍港也有巡弋導彈落下，破壞燃料槽，上海、南京的軍事設施也被幾枚戰斧導彈擊中。我趕緊與CIA聯絡，同時中國人民解放民主革命戰線已經控制了上海、南京、徐州等都市，今後就不會再誤炸這些地區了。

在大混亂中，雖然在上海、南京的我們反抗北京中央政府，可是他們卻無法立刻派出鎮壓軍來鎮壓我們。」

于正剛看著北鄉。

「這次的混亂能夠發揮作用，都是依賴北鄉先生的子弟兵電腦軍隊透過網際網路，將各地大暴動的假情報大量流入北京總參謀部的電腦中，因此，北京總參謀部也被假情報所騙，故無法對於南京軍區的叛亂採取因應的對策，因此，電腦軍隊的功勞最大。」

「但是，並不知道會發生這樣的事態，只是偶然的巧合，運氣好罷了。」

北鄉搔搔頭，于正剛笑著對北鄉說。

「北鄉先生所率領的軍隊應該繼續對北京進行電腦攻擊。不過，特洛伊的木馬作戰後來會演變成什麼樣的狀況呢？」

「特洛伊的木馬作戰還沒有成功，由於北京國防部主電腦的防護網太堅固，目前還無法侵入。因為這是和使用網際網路遍撒假情報的作戰，完全不同的作戰方式。」

「不過，聚集天才駭客的電腦軍隊一定能夠攻破敵人的陣營，潛入中國國防部的中樞電腦吧。期待好消息喲！」

于正剛對北鄉說，大家相視而笑。

2

新疆維吾爾自治區　8月19日　上午十一時

聽到槍聲，同時出現喧鬧的還擊聲，手榴彈爆炸與機關槍聲響起，迫擊砲彈的著彈聲也響起。

每一次爆炸聲響起，微暗洞窟的天花板就會有沙塵掉落。

「到底是怎麼回事啊？」

齊恒明很不安的看著洞窟的門口。劉進也從床上爬了起來，靠近門口竹製的格子。馬立德也抓著格子門說道。

「難道北京軍來討伐山賊了嗎？也許我們能夠得到救助呢！」

「但是，真要得到救助，還是必須要去收容所啊！」

劉進嘆了一口氣，齊恒明搖搖頭說道。

「可能比山賊更難對付呢！」

洞窟的出入口距離竹格子門還有十公尺遠，而洞窟又彎彎曲曲的，所以從牢房無法直接看到外面。

出入口有宛如屏風般的大岩石堵住了洞窟的一半，從外面也無法立刻發現洞窟的入口。平常在附近有人看守，但是現在卻完全沒有動靜。

槍聲陸續響起，並且夾雜著衝鋒槍高亢的連續掃射聲，怒吼聲、哀嚎聲四起。

突然，在洞窟入口附近響起腳步聲，接著槍聲響起，跳彈劃過洞窟中的牆壁。

「危險！」

劉進等人一起滾到牢房內，趴在岩石地上。即使趴著，跳彈還是彈進了洞窟中，不管躲在哪裡都很危險。

在洞窟的出入口聽到了連續對射的槍聲，同時聽到哀嚎聲，接著，四周一片寂靜。

一名男子的身影搖搖晃晃的從出入口走向牢房的格子門。劉進戰戰兢兢的抬起頭來，男子是山賊中唯一會說北京話的青年。

「……你們這些漢人！」

青年用手按住腹部，臉上都流著血。

青年抓住格子門看著劉進。右手的槍緩緩舉起，槍口對著劉進。

「危險！」

齊恒明按住劉進的頭，槍聲響起，子彈從頭頂掠過。

抓著格子的青年整個身子垮了下來，背對著出入口的光看到黑色的人影。

「……？」

人影拿著槍不知道在說些什麼。

劉進、齊恒明和馬立德三人趴在那兒一動也不動。出入口似乎又有新的人影出現。

格子門的門鎖被打開，幾名男子走了進來。劉進等人只好放棄，舉起雙手戰戰兢兢的佔了起來。男子好像在問他們什麼事情。

「……」

手電筒照著劉進等人，槍口朝著他們。

「不知道該說些什麼，有沒有人會說北京話或上海話呢？」

劉進問道，一名男子說道。

「你們是誰？」

雖然有點口音，但是聽得出是上海話。劉進鬆了一口氣面對男子回答。

「太好了，我們是學生。」

「學生？」

「被這些人抓來關在這兒。」

「你們是在哪兒被抓的？」

「用汽車護送……」

齊恒明用手肘撞擊劉進的側腹，齊恒明代替劉進回答。

「我們是坐汽車旅行的人，後來遇到山賊攻擊，被抓來當人質，而且他們和我們的家人取得聯絡，要求贖金。」

說上海話的男子用維吾爾話和其他男子交談了一會兒，齊恒明向著這些男子微笑。

「謝謝你們救了我們，謝謝！」

馬立德一邊搓齊恒明的側腹，一邊小聲地說道。

「喂，是不是真的獲救還不知道呢。」

「總之，救了我們免得被殺，這是事實啊！」

齊恒明小聲地說道，男子用上海話對著齊恒明與劉進、馬立德大叫。

「別亂說話，到外面去，隊長要詢問你們。」

男子們一起用槍搓著劉進等人，命令他們雙手放在頭後。

劉進等人被男子們帶到洞窟外。

外面的光亮使他們感到眩目。劉進雖然雙手放在頭後，但是，還是來到戶外呼吸新鮮的空氣。

洞窟外的草地上聚集了七、八十名的維吾爾人。

男子們全部穿著維吾爾的民族服飾，手上拿著來福槍和衝鋒槍，還有男子背著RPG—7反坦克火箭，在他們腳邊躺著七、八具被殺的山賊屍體。

但是還有活著的男子，男子的胸部和腹部大量流血，抓著滿臉鬍子的男子的腳邊，拼命的乞求對方饒命。

大鬍子什麼也沒說。手槍朝向受傷男子的頭部，聽到槍聲響起，男子的頭被子彈轟得粉碎。

大鬍子面無表情的用腳踢倒在地上的屍體，其中一具看似屍體的身體被踢中時發出了呻吟聲，大鬍子用槍抵住這名男子的頭，開了一槍。

大鬍子命令維吾爾人將每具屍體扔下山谷。

劉進等人看到這個光景都嚇呆了。

會說上海話的青年對劉進大叫著。

「你們跪在那兒。」

劉進等三人跪坐在沙地上。

大鬍子手上拿著手槍，朝劉進等人走了過來。

「誰說我們獲救啦？」

馬立德小聲的說道。

這時站在一旁的維吾爾人，立刻用槍座敲擊馬立德的背部，馬立德跪倒在沙地上。

「已經警告過不准說話的。」

說上海話的男子冷冷的說著，馬立德被維吾爾人拖了起來跪在那兒。

大鬍子走到三人面前。男子頭部纏著頭巾，其他人對這名男子都心懷敬意，故可以看出這名男子應該是隊長。他滿臉留著大鬍子，看起來有點衰老，但是眼中閃耀著光輝。從他的臉型看來，劉進認為他可能只有三十五歲左右。

說上海話的男子似乎在告訴大鬍子一些事情，好像是在傳達在洞窟中的談話。大鬍子看著劉進等人。

「你們是漢人嗎？」

說的是流暢的北京話，劉進和齊恒明點點頭，馬立德則呻吟的說道。

「我不是漢人，我是滿洲人。」

「總之，你們也不是什麼好人。」

大鬍子抓著劉進的頭髮，抬起他的頭，一直瞪著他，劉進回瞪他。

「很有元氣的傢伙嘛。」

大鬍子放下抓著劉進頭髮的手，看著三人。

「你們說你們是學生，為什麼會被這些人逮捕呢？」

齊恒明慌忙的回答。

「我們搭乘汽車旅行，結果汽車遇到山賊襲擊，被他們抓來當成人質……」

大鬍子用手槍對準齊恒明。

「別說謊。」

「我知道，我說實話。我們是乘坐護送犯人的囚車要被送到鄉下去，結果遇到他們的襲擊，原以為是獲救，沒想到又被監禁了。」

「護送犯人的囚車？哦，真有趣啊。你們是罪犯嗎？到底犯了什麼罪？」

「我們什麼也沒做。」

齊恒明說道。

「我們什麼也沒做就被逮捕了。」

馬立德也為自己辯駁。

「通常犯罪的人都說自己什麼也沒做，說實話，否則就殺了你們。」

大鬍子緊握手槍。

「真的，這兩個人什麼也沒做，只是為了幫助我們才被逮捕的。」

劉進回答。大鬍子將手槍對準劉進。

「幫助你？你做了什麼事情？」

「反政府活動。」

「罪名呢？」

「叛國罪。」

大鬍子莞爾一笑，和會說上海話的青年對看了一眼。

「你們是政治犯囉？」

大鬍子放下手槍。

「我還不能相信你們。也許你們是間諜，有什麼證據證明你們是政治犯呢？」

劉進、齊恒明、馬立德互相對看。

當然沒有證明書證明他們是政治犯，只是穿著犯人的衣服而已。

「我們怎麼會有這種證據呢？關於我們的事情，你們可以直接去問公安啊。」

劉進很生氣的回答。大鬍子和部下們對看，咯咯地笑了起來。

大鬍子將手槍插進槍套中。

「看來，你們說的可能都是真的。我們接到情報，我們的同伴也搭乘這一輛運送犯人的囚車。原本我們想要攻擊這輛囚車解救同志，沒想到卻被這些山賊搶先一步，連想要逃走的同志都被殺了。後來聽說這些人逮捕了幾個人，心想可能是生還的同志，因此前來救助。除了你們之外，有沒有其他的俘虜呢？」

「沒有，如果有的話，應該會關在一起吧。」

劉進搖搖頭。

大鬍子看起來很失望似的。

「但是，為什麼你們沒有被殺呢？」

「我們告訴他們只要讓我們活著，就可以向上海的同志提出交換人質的要求，相信他們可以得到一筆賞金。」

「原來如此，你們在上海有同志嗎？」

「有啊，我們的事情你可以問我們的同志。」

「怎麼問呢？」

「打電話或是用個人電腦通信都可以，我可以告訴你上海同志的電話號碼，或是電子郵件信箱，那麼你就可以知道我們的事情了。同志應該也很擔心我們。」

「你們不知道上海現在發生了什麼事嗎？」

大鬍子看著劉進，劉進感到很訝異。

「發生了什麼事？」

「在上海發生了反政府暴動，游擊隊佔據了上海電子台，甚至連出來鎮壓的軍隊都倒向反政府勢力，現在反政府勢力已經控制了上海、南京、杭州等地。」

「太棒了！革命戰線站起來了。」

劉進和齊恒明、馬立德拍手叫好。

「畜生！我們應該也在上海才對。」

「那麼一定會從監獄中放出來，同志也能夠被釋放出來。」

「我們要儘早回到上海。」

「你們說的革命戰線是什麼啊？」

大鬍子很訝異的問道。劉進說道。

「就是中國人民解放民主革命戰線啊，簡稱為民主革命戰線，就是為了讓中國政府民主化的人民戰線，支持各地的分離獨立運動。」

「哦？那麼你們的同志已經站起來了嗎？」

大鬍子催促劉進等人站起來。劉進拍拍膝上的灰塵站了起來。

「我們是屬於新疆維吾爾民族解放戰線烏拉達尤夫隊。我是隊長烏拉達尤夫，這是我的堂弟阿布德，是副隊長。」

烏拉達尤夫手指著會說上海話的青年，阿布德點點頭。

劉進連忙介紹自己和另外兩人。

「我是劉進，他們是在上海認識的同志齊恒明與馬立德。」

阿布德用維吾爾語，向部下說明劉進三人的事情。

「那些山賊不也是維吾爾人嗎？」

劉進看著腳邊的屍體。

「這些傢伙是哈薩克族，是與我們敵對的哈薩克山賊。這些人不光是攻擊我們維吾爾人的村落，連和自己同樣是屬於哈薩克的族人的村落也加以攻擊，掠奪財物、姦淫女子。」

烏拉達尤夫對著地面吐了一口口水。劉進戰戰兢兢的問道。

「你打算如何處理我們？」

「你們自由了，要到哪兒去都行。」

「獲救了。你是說釋放我們嗎？」

劉進仔細詢問。

「當然囉，就算是漢人，只要是反對北京的人士都是我們的同志，怎麼可能會拘禁同志呢？」

「獲救了！」

「太好了，我們都不知道自已會變成什麼樣的情況呢。」

「不，一開始我就想要救出你們了。」

劉進等人非常高興。

「回去吧。」

「回去參加革命。」

齊恒明與馬立德互相擁抱。

劉進看看周圍。

「但是，這是什麼地方啊？」

「博格達山地。」

劉進和齊恒明、馬立德互看。

「你不知道嗎？對了，新疆維吾爾自治區對你們而言就好像是在天之涯、地之角一樣的邊境地帶。」

「不，我知道博格達山脈。在北京有很多來自烏魯木齊的學生，但是沒想到自己真的待在新疆維吾爾自地區，感到很驚訝。」

「雖然我想過要到這兒來一趟，但沒想到是以這樣的方式前來。」

齊恒明看著周圍茶褐色的山地，馬立德也點頭說道。

「看來真是只能從照片裡看到呢。」

「那是博格達山嗎？」

劉進用手指著聳立在西北邊的銀嶺。尾端相連的山脈西端能看到更高的山峰。

「是啊，那就是博格達山脈的最高峰博格達山，高約五四四五公尺。」

「那麼，這裡應該就在吐魯番附近囉？」

「是啊，雖然是漢人，但是你很了解這附近的地理環境嘛。再走七、八十公里就到吐魯番了。」

齊恒明遠望著從山腰可以看到的南邊大平原。

「要回到上海，必須先越過這個大平原到吐魯番才行。」

「到那兒再搭上運貨火車回到上海。」

馬立德摸摸下巴。

「如果有飛機的話，那就更好了。」

劉進說道。

「但是，沒有錢啊。」

「如果與上海取得聯絡，相信應該會有辦法。首先要和上海取得聯絡。」

劉進看著烏拉達尤夫。

「願不願意帶我們到吐魯番去呢？只要到吐魯番，我們就可以與上海取得聯絡。」

「是嗎？你們想回上海嗎？」

烏拉達尤夫和阿布德互看一眼。

「如果能夠借我們錢的話，回到上海我一定還你們。」

「我發誓一定會還錢。」

「我也是。」

齊恒明和馬立德拜託烏拉達尤夫。烏拉達尤夫搖搖頭。

「我們沒有錢，但是，我們可以把你們送到吐魯番附近。」

阿布德也說道。

「光是要到吐魯番附近就很困難了。在那城鎮周邊有軍人和公安，只要是新面孔，即使是漢人也會被逮捕，車站和機場也被軍方控制，而且你們穿著犯人服，一定會被逮捕的。」

劉進看著身上穿的犯人服，齊恒明與馬立德也面露困惑的表情。

烏拉達尤夫笑著說道。

「如果到我們的村子去，我們可以為你們準備幾套維吾爾人的服裝。但問題是，就算到了吐魯番，你們要如何到上海呢？」

阿布德對烏拉達尤夫耳語，烏拉達尤夫看著阿布德，好像在商量什麼事似的。

商量結束之後，烏拉達尤夫看著劉進。

「怎麼樣？要不要先留在我們這兒幫我們的忙呢？我們想要借助你們的力量，

如果你們願意幫我們的話，我們一定會幫助你們回到上海的。」

劉進感到很訝異，齊恒明與馬立德則面露不安看著烏拉達尤夫。

「幫什麼忙呢？」

「我們要偷襲吐魯番的軍隊火藥庫，奪取武器、彈藥，創立維吾爾民族解放人民軍，希望你們能幫忙。」

「創立民族解放人民軍？」

劉進瞪大眼睛。

「但是，我們能幫什麼忙呢？」

「一看我們就是耶爾里克，但你們是漢人，漢人就算偽裝成公安或軍人，也不會立刻被發現，這一點只有你們能辦到。」

烏拉達尤夫和阿布德笑了起來。

「耶爾里克？」

劉進聽不懂什麼意思。

「耶爾里克就是指當地人，在這裡，外地人指的就是漢人。」

阿布德加以說明。

劉進和齊恒明、馬立德互看。

「戰爭很有趣嗎？」

「我們能幫忙維吾爾人的戰爭。好吧，既然來到新疆維吾爾自治區，什麼也不做就回去，未免也太可惜了。」

「這可是賭命的工作。」

「冒險當然會伴隨危險。」

「這就是革命戰爭。如果不覺悟到有危險的話，那就什麼都不能做了。」

「好，就這麼決定了。」

劉進看著烏拉達尤夫。

「我們幫你。」

「謝謝。那麼我們先到村裡，到那裡我們再商量，也可以準備一下。」

烏拉達尤夫拍拍劉進的肩膀。阿布德也和劉進、齊恒明、馬立德握手。

烏拉達尤夫看著部下們大聲叫著。部下們肩上扛著槍，朝著山腰的道路走去。

「好，回去吧，跟我們一起來。」

烏拉達尤夫催促劉進等人出發，阿布德從部下的背後取下無線電機，用維吾爾語和別的地方取得聯絡。

輕易答應這件工作真的不要緊嗎？劉進感到有點不安。

3

頭上聽到Ｍｉ－8武裝直升機轟隆的聲響。

劉小新躲在輪動裝甲車的背後，避過螺旋槳捲起的沙塵。

另外一架Ｍｉ－8武裝直升機暫時停在小高丘上進行火箭攻擊。五十七釐米火箭彈噴出，好像吸入游擊隊所躲藏的村落中似的。

連續爆炸使得土造的簡陋住宅立刻被擊得粉碎。對於倉皇逃出的女人或小孩也毫不留情的加以射擊，村中到處都是屍體。

從村落住宅處還可以聽到陸陸續續的槍聲。每一次都會有多一、兩倍的槍擊集中在敵人隱藏的住宅附近，可以躲人的住宅以及岩石都在槍林彈雨中被擊得粉碎。

輪動裝甲車的一二．七釐米機關槍怒吼著。雙手叉腰站在裝甲車上的韋乾上尉，嘶啞著聲音鼓勵部下。

敵人的槍彈雖然想攻擊韋上尉，但是韋上尉卻不在意似的，逃也不逃的站在那兒，就好像子彈不會射中自己似的。

在上空盤旋的兩架Ｍｉ—８武裝直升機交互進行火箭彈以及槍擊攻擊。劉小新對於Ｍｉ—８武裝直升機的威力有些了解，但是沒想到威力竟然這麼大。畢竟美軍的確擁有世界最強的重武裝直升機。

搭載二座強力一千五百馬力的渦輪，具有中型運輸直升機的力量。機艙可以運送三個全副武裝的步兵分隊三十人。機艙後部的門打開，可以搭載ＢＲＤＭ—１裝甲車或輕型卡車一輛。

機頭的軟丘搭載了一二・七釐米機槍一座，在機艙兩側凸出的架子下方，一邊有三座三十二發五十七釐米火箭彈壺，兩邊總計有六座。五十七釐米火箭彈就有一百九十二發。而在導軌上單側有二枚，兩側總計裝備了四枚反坦克導彈ＡＴ—２。ＡＴ—２是前蘇聯製反坦克導彈，是附帶電晶體收音機指令制導方式、射程三公里的熱導彈。

兩架Ｍｉ—８武裝直升機好像從村落兩側進行夾擊似的，持續發射機關槍、使用火箭彈。反坦克導彈ＡＴ—２對於堅固的沙包陣地或洞窟進行粉碎破壞。

劉小新躲在裝甲車的背後，看著小丘陵上的村落。維吾爾人武裝游擊隊躲藏的村落是有三、四十戶人家的小村落。

每個住宅都遭受槍彈以及火箭彈的攻擊，而變成了瓦礫堆。即使殘存的住宅也冒著黑煙燃燒。

延伸到村落中的道路上，散亂著幾十具的屍體。圍繞村落周圍的石牆，大半也都被火箭彈破壞而崩落，也有屍體躺在那兒。建造在山腰的洞窟，被反坦克導彈轟炸之後，變成了研缽狀的窪地。

「停止射擊！停止！」

韋上尉對上空發射信號彈。武裝直升機停止了射擊。爆炸聲和機關槍聲消失，只有直升機的轟隆聲在谷間響起，周圍聽到了喔的呼喚聲。

「全隊突擊！」

韋上尉握著手槍大叫著。先前離村落較遠的穿著迷彩野戰服的士兵們，扛著衝鋒槍一起跑上丘陵的斜坡。刺槍在陽光的照射下閃耀光輝。

輪動裝甲車和步兵戰鬥車發出轟隆的引擎聲，出現在道路上。

劉小新拔出腰際的手槍，跟在士兵後面，馳騁在充滿岩石的荒地上。

一面跑同時心想，根本不需要掃蕩到這種地步吧。

這時，村落那兒傳來槍聲，還聽到哀嚎和憤怒的聲音。看來，維吾爾游擊隊還在抵抗。

穿著野戰服的士兵們進入已經成為瓦礫堆的每一間住宅，找尋剩下的游擊隊員。

「也許有地窖，絕對不能夠疏忽。」

韋上尉帶領士兵進入住宅的瓦礫堆中，調查是否還有游擊隊躲藏在土牆背後。

劉小新站在村子入口，茫然地看著滾落在腳邊的女人、小孩的屍體。

每一具遺體都沒有攜帶任何武器，還有年老的男人倒在地上，不過手上也只有拿著手杖而已。全部的人頭、胸、腹部等各處都被子彈擊中，染紅了鮮血。蒼蠅圍繞在躺在血泊中的遺體周圍。

又聽到衝鋒槍的連續發射聲。

劉小新跑向槍聲響起的地方。一名士兵朝向住宅的瓦礫堆胡亂掃射，其他士兵則皺著眉，拿著槍站在那兒。

劉小新跑到士兵身旁，年輕的士兵停止射擊。這時，抱著一名幼兒的維吾爾男子滾了出來。

男子並沒有拿槍。維吾爾男子頭、胸、腹部出血死亡，而幼兒的身軀也有無數的彈痕。

「你在做什麼?對方根本沒有武器啊!」

劉小新對著年輕的士兵大吼著，想要拿起他的衝鋒槍。

「……」

士兵以憎惡的眼神看著劉小新。

「槍交給我，這是命令！」

劉小新從態度強硬的士兵手中，勉強地把槍奪過來。

「中校！你在做什麼？」

這時，分隊長上士跑了過來。上士也氣得面紅耳赤。

「這傢伙瘋了，押退到後方去。」

劉小新指著胡亂掃射的士兵。

「他沒有瘋，瘋的是中校你。」

上士似乎吃定了劉小新，劉小新瞪著上士。上士拿著槍對著劉小新說道。

「中校，請你把槍還給他，否則……」

「上士，你想反抗長官嗎？」

劉小新驚訝的大吼著。

「劉中校，怎麼回事？上士，把槍放下。」

聽到韋上尉的聲音，上士勉勉強強的遵從韋上尉的命令。

「韋上尉，這是什麼掃蕩作戰？根本就是虐殺！我們是來掃蕩游擊隊的，不是來虐殺居民的。」

「中校，你說的這是什麼話？這些傢伙都是游擊隊。不管是女人或小孩，全都是游擊士兵。」

「他們的手上都沒有武器啊。」

「沒有武器，可是他們打從心底憎恨我們。稍不留意，我們就會被殺，就算這些人是小孩也不能掉以輕心。」

「不需要殺了孩子吧。」

「維吾爾小孩過了四、五年就會變成強悍的游擊隊員。長大成人之後，就會成為難以對付的游擊隊士兵，在他們還沒有長大之前，就要先摘掉毒芽。這麼做有什麼不對呢？」

「甚至連嬰兒也殺？那個男人只是要救嬰兒而已。」

劉小新指著滾落在眼前的男子的屍體，沾滿鮮血的幼兒則躺在男子的臂彎中。

韋上尉看著幼兒以及好像是幼兒父親的男子的遺體。

「中校，你看清楚。」

韋上尉奪走劉小新手上上士的槍，慢慢走向男子的遺體。

「你們離遠一點。」

韋上尉用槍身搓著男子的遺體。用槍抬起男子的身軀，可以看到壓在男子身下的幼兒的軀體。抱著幼兒的手上似乎拿著什麼東西。韋上尉用腳抬起男子的遺體，踢到一邊。

「趴下！」

韋上尉滾到瓦礫堆牆壁後面，劉小新瞪大眼睛看著原來抱著幼兒的男子手中滾出了一顆手榴彈。站在一旁的上士趕緊抓著劉小新當場臥倒。

突然聽到砰的爆炸聲，小石頭和手榴彈的碎片在頭上飛散，小石頭落在頭上和身上。

劉小新趴在那兒看著爆炸的地方，幼兒的身軀裂成兩半，男子的頭也斷了。

突然產生一種嘔吐感，劉小新倒在那兒激烈嘔吐。

韋上尉走到劉小新身旁，伸出手抓住劉小新的手臂，拉起他的身子。

「你知道了吧？」

劉小新擦淨被嘔吐物弄髒的嘴唇。韋上尉將劉小新搶走的槍還給士兵，士兵以輕蔑的眼神瞪著劉小新。

「這是實戰，中校，這並不是在紙上談兵。你不了解這裡的實際狀況，在最前線作戰的士兵經常遇到這種危險，因此行為也許有些過分，這也是無可奈何之事。

就算是虐殺也是不得已的，否則誰會先死都還不知道呢！戰爭是沒有道理可講的，只是互相殺戮，殺戮是沒有規則的，只有殺人或被殺而已。」

韋上尉以平靜的語氣說著，劉小新對自己不明事理感到難為情，只能沉默不語。

「隊長！發現了地窖的入口。」

在前方住宅的瓦礫堆那兒傳來士兵的聲音。韋上尉朝士兵的方向跑去，劉小新則跟在韋上尉的後面。

在瓦礫散落的地面上看到類似地窖出入口的木製蓋子，韋上尉抽出胸前的手榴彈，拔掉保險銷向士兵示意，兩名士兵打算拉起木製蓋子。

木製蓋子動了，稍微露出一點空隙。韋上尉將手榴彈丟入空隙內，立刻蓋上蓋子。

士兵們離開蓋子，聽到了爆炸聲。木製蓋子彈了起來，往旁邊移開。白煙立刻從地窖蓋子的下湧了出來。

韋上尉拉開蓋子，士兵們將槍對準地窖連續掃射。幾秒鐘之後，射擊結束。

「如何？」

韋上尉將蓋子完全掀開，看著地下室內。

「中校，來吧。」

聽到韋上尉的叫喚，劉小新靠近地窖。除了硝煙臭之外，還聞到屍體的焦臭味。地窖裡一片漆黑。

點亮打火機，看到地窖裡躺著一男一女的屍體。

在兩人的遺體旁看到了衝鋒槍，雖然游擊隊被殺，但他們似乎還想殺死敵人。

「韋上尉，你為什麼能夠如此冷靜呢？」

劉小新感到很驚訝。

「中校，我也不冷靜，只是我比中校更了解實戰情況而已。」

韋上尉笑了起來。

劉小新只能夠愕然的看著士兵們徹底的進行掃蕩作戰。

結束了三十分鐘的搜索之後，小隊長少尉以及上士陸續跑來向上尉報告。韋上尉對著天空發射信號彈，表示結束的黃色煙霧瀰漫在天空。

「撤退！全隊撤退！」

大聲叫著。副隊長中尉揮揮手，命令部下集合。

在附近草地著陸待命的Mi－8武裝直升機傳來了螺旋槳聲，開始準備起飛。

兩架直升機盤旋在成為瓦礫的村落上空。輪動裝甲車和步兵戰鬥車也發出轟隆的引擎聲，沿著坡道往下走。

一架直升機來到村落的廣場，準備降落。

直升機著陸，側門打開，放下短繩梯。

「中校，上去吧。」

韋上尉催促著劉小新，劉小新從打開的機門進入機內，韋上尉也快速進入機內。持續下達號令，成為一列縱隊的士兵們陸續進入機內。

搭載二十七、八人之後，直升機開始起飛。劉小新綁好了安全帶，韋上尉坐在他的旁邊。

「先前真是失禮了，我也許說得過分了點。」

韋上尉小聲的道歉，劉小新搖搖頭。

「不，是我錯了。我忘了這是戰場，我太掉以輕心了。」

劉小新搖搖頭說著，韋上尉默默閉上眼睛。

直升機一路朝著基地飛去。

4

當天晚上劉小新躺在行軍床上無法入睡，只要一閉上眼睛，躺在道路以及瓦礫堆中的小孩和女人的屍體就會映入眼簾。

雖然對自己說這是實戰，但是心中卻無法接受。這根本就是虐殺，為什麼自己無法阻止呢？

劉小新模模糊糊的翻了好幾次身。

「中校，你還沒睡吧？」

這時傳來了韋上尉的聲音。

「啊，我沒睡，進來吧。」

劉小新從床上坐了起來，這時帳篷的入口搖晃了一下，韋上尉拿著酒瓶走了進來。

「我想你可能睡不著吧。」

「嗯，睡不著。」

「因為白天發生了這種事情。」

「我實在不適合實戰。」

「不論是誰，最初時都睡不著。像我自己第一次進行掃蕩作業，當天晚上根本就無法入睡。」

韋上尉將酒倒入桌上的兩個杯子中。

「這是從哈薩克共和國走私過來的伏特加酒。雖然是哈薩克的酒，可是很不錯喔。睡不著時，喝一、兩杯就會想睡了。」

「謝謝。」

劉小新一口氣喝光了杯中的伏特加酒，一種火辣般的刺激從喉嚨降入胃中。

韋上尉也喝乾了杯中的酒，又為劉小新和自己倒酒。

「中校，你有什麼話想對我說呢？」

「沒有啊。」

劉小新說謊。

「我也知道白天那件事情是虐殺，但是我想如果不虐殺的話，我們也會遭遇同樣的下場。為了制止這種情況發生，一定要進行報復的虐殺。」

「……」

劉小新沉默的聽韋上尉述說。

「你是不是想問我為什麼會說這番話呢?」

韋上尉長長的嘆了一口氣。

「我的母親是廣西壯族人，父親是維吾爾人，但都不是漢人。我非常了解像壯族這種少數民族的想法，且因為我流有維吾爾人的血液，希望能夠為新疆維吾爾自治區的人民貢獻一些力量，因此我志願到此工作。到這兒已經好幾年了，大概快二十年了吧。」

韋上尉嘴裡含著伏特加酒，搖搖頭。

「現在想想，自己的想法實在是太天真了。當時因為認為自己了解維吾爾人的心情，而想要融入此地，更下定決心要埋骨於此而到此工作，甚至取了維吾爾的美麗女孩為妻，有三個孩子，真是幸福的家庭。現在想想，當時真的是非常幸福。」

現在想想?真是奇妙的說法。劉小新感到很訝異，韋上尉則露出落寞的微笑。

「是啊，我很愛我的妻子。因此，當我的妻子和可愛的孩子被那些人殺害的時候，我……」

韋上尉說到此處便說不出話來，於是喝光了杯中的伏特加酒，同時用手臂擦拭眼角。劉小新則看著燈光。

「那些人是誰？」

「維吾爾的游擊隊。這些人只因為我待在漢人的軍隊中，就殺害我全家。那些人對於流著同樣民族血液的人都毫不留情。當時我就對天發誓，我一定要殺死這些敵人。既然那些人這麼做，我也要用同樣的手法對付那些人。」

「是嗎？」

劉小新默默地看著韋上尉，韋上尉說道。

「我不需要你的同情，我只想要讓你知道我的想法。」

韋上尉喝光了杯中的酒站了起來。

「你休息吧，喝了之後一定能夠睡得很好。」

韋上尉向劉小新敬禮，劉小新向他答禮。

韋上尉靜靜的走出帳篷，劉小新也躺了下來。可能是因為喝了伏特加酒的關係，整個身體發燙。

豎耳傾聽，似乎聽到了蟋蟀的叫聲。

突然想起在廣州認識的胡英。

現在胡英在做什麼呢？

在死前真想再見他一面。

劉小新無法壓抑心中澎湃的情緒。

5

到底會帶到什麼地方去呢？

北鄉弓坐在搖晃的馬背上，終於習慣了騎馬，但是大腿內側卻因為與馬鞍摩擦而感到疼痛，尾骨碰到硬的馬鞍而感到疼痛。

但是因為左腿骨折，無法勉強下馬走在山道上。沒辦法，只好在馬鞍上巧妙地挪移臀部的位置，變換各種坐姿，光是坐著就覺得很痛苦了。

然而馬卻不聽使喚，最初是戰戰兢兢的想要討馬的歡心而騎在馬背上，但現在已經知道必須了解自己是主人，而馬是隨從，否則會被馬欺負。

范鳳英和王蘭也很不舒服的坐在搖晃的馬背上，相信和我的想法應該一樣吧。弓心裡這麼想，希望能夠早點到達目的地，好好的讓身體休息一下。

骨折的左腿大腿部，由維吾爾的男子們用樹木來固定，而且用布條包裹住，非常堅固，所以感覺很輕鬆。

心想如果稱讚這些男子處理的方式很棒的話，他們一定會說每當家畜羊或是驢的腳骨折時，也會採用這種緊急處置的方式，所以已經習慣了。那樣不是把我當成羊或驢了嗎？不過他們處理的手法真的非常好，現在已經不會感到疼痛，只要有枴杖就可以走路了，所以也不能夠抱怨。

自從遭遇空難，九死一生逃過一劫，到現在已經過了十天了。這段期間內，游擊騎馬隊特爾剛＝帕戴隊越過險峻的山岳地帶，穿過沙漠等大平原，走過枯乾河流的谷間，翻山越嶺，每天都在移動。

因為無法看地圖，故不知道移動了多少距離，不過，大約將近一千公里吧。

特爾剛＝帕戴隊一行人是以特爾剛老人擔任總隊長，年輕的帕戴擔任隊長，總共有四十三人。除了這四十三騎之外，還有帶著武器、彈藥、糧食等貨物的馬十二匹，以及三批載著成為隊上小麻煩的北鄉弓、范鳳英、王蘭等三人的馬，總計五十八頭的特爾剛＝帕戴隊。

正式名稱是，新疆維吾爾民族解放戰線特爾剛＝帕戴隊。

對於北鄉弓等三名女子，就好像檢查家畜似的，要她們打開嘴檢查齒列，甚至連胸部都加以觸摸的老人，就是叫做特爾剛的族長。原先以為他是一個殘酷無情的老人，但沒想到他卻非常害羞，很安靜，是一個知識份子，是一族的長老，受到眾人的尊敬。

會說流暢北京話的維吾爾青年叫做帕戴，是特爾剛長男的兒子，也就是他的孫子。

原先是中國人民解放軍的少尉，因為奉命鎮壓維吾爾人的獨立運動，只好率領維吾爾部下逃回故鄉，加入特爾剛率領的突擊隊。現在運用他軍人的經驗，在特爾剛麾下擔任青年隊長，指揮游擊隊。

雖說回到故鄉，但因為維吾爾人原本就是遊牧民族，居無定所，因此故鄉並不是部族的城鎮或村落。

特爾剛一族只有祖先代代相傳，屬於自己部族勢力範圍的廣大地區。當然，為了考慮孩子們的教育問題，擁有遊牧以外的固定職業的維吾爾人也很多。最近在城鎮、村落定居的維吾爾人也增多了。

以前一家人在一定的地區內帶著家畜遊牧的生活形態，現在變成了把孩子留在維吾爾人的城鎮或村落的學校宿舍寄宿，或是把孩子留在定居的親戚家中，只有父母過著遊牧生活的例子增加了。

特爾剛＝帕戴隊的男子大半會把妻子或孩子以及家人留在故鄉的城鎮或村落，而自己則投身於游擊隊。

一起行動了十天，原本難以應付的隊員，現在也變得很親切了。男子大多非常粗魯，但全都是率性、純樸的人。與都市軟弱的男子相比，顯得更加樸直。

當弓等人稍微嘲笑他們時，他們就會面紅耳赤的逃走，這個樣子一點都不像個大男人，反倒像個害羞的少年。

但是，大男人的體臭卻讓弓等人受不了。他們可以幾天不洗澡，而且也沒有淋浴的習慣，全身都充滿著汗臭味、污垢臭，還有羊脂臭。

但是現在已經習慣這種氣味了。弓等人也是好幾天不洗澡，整個身上充滿了污垢，而且食物大多是羊肉或羊奶、羊乳酪或奶油等，和他們一樣也有臭味，所以就不在意了。

最初對於雖然年輕，卻故意表現出很驕傲的帕戴，弓和范鳳英、王蘭都對他感到反感。但是後來發現帕戴非常害羞，三人對他的評價也改變了。

帕戴留了一臉的大鬍子，但是看他在軍隊時代的照片，覺得他英俊得就像香港的周潤發等明星一樣。看見他的照片之後，弓和范鳳英、王蘭全都成為帕戴迷了。

王蘭似乎忘記了劉進，只想吸引帕戴的注意。因為注意到身邊的帕戴，似乎也不去考慮劉進等其他人的事情了。

大家都不知道特爾剛＝帕戴隊到底要到哪兒去，不過從太陽的位置來看，大概是朝西走吧。特爾剛和帕戴為了護送弓等三人，盡量避開了無用的戰鬥。

有一次，花了半天走的山道又折返回來。先行的偵察員發現前方有軍隊討伐隊在移動，因此避開了與他們的戰鬥。

在幾天前，五、六架中國軍隊的武裝直升機在空中盤旋，而且可以遠望到火箭彈和機關槍彈朝著山中某個谷間射擊。每次著彈時，都會有黑煙和白煙冒出，特爾剛和帕戴每次都以悲傷的神情看著這一切。

據說這個谷間住著他們的遠房親戚一家人，而隊員中也有家人住在這谷間，看著他們臉上留下悔恨的淚水，同伴們爭相安慰他們。

弓心想，為什麼不去救助他們呢？帕戴等人就算想去救助，距離也太遠了，而且一旦敵人發現了這邊的人，恐怕武裝直升機的攻擊就會對準自己了。

實際問題是，特爾剛＝帕戴隊的武器只有衝鋒槍四、五十挺，以及輕型機關槍三挺，還有反坦克火箭彈三、四座，根本比不上敵人武裝直升機的武器。所以就算敵人只有一架武裝直升機，一旦遭受攻擊，恐怕也是全軍覆沒。

騎馬隊沿著山腰的羊腸小徑前行。南邊是白雪覆蓋的山嶺，成一列縱隊的騎馬隊靜靜的緩慢移動。

聽到了遠處好像遠雷般的轟隆聲。坐在馬背上的弓感到不安，看看周圍。遠雷聲分明就是砲擊和轟炸聲，以前有聽過。

馬蹄彈起腳邊的小石頭，小石頭朝斜坡滾落下去，如果馬兒從這兒掉下去，可能會跌落到數百公尺深的谷間。如果在這個地方被武裝直升機發現並採取攻擊的話，根本無處可逃，一定會全部被殲滅。

「看來，有某個村落遭到軍隊的襲擊。」

在後面的范鳳英怯生生的說道。弓心想，這種事情不用妳說我也知道。

帶頭的特爾剛總隊長和帕戴隊長什麼也沒說，只是握著馬韁繩繼續前進。前行的偵察員也沒有退回來。

「一定在山的對面進行戰鬥。」

范鳳英對王蘭說道，王蘭很不安的看看周圍。

「趕緊離開這個地方，找個可以躲藏的地方吧！」

不光是帕戴隊長，其他人也漠不關心的默默前進，好像是別人的事情似的。

弓詢問走在前面的阿布萊提。

「你有沒有聽到砲擊聲？」

阿布萊提是和帕戴一起脫離解放軍的士兵，會說北京話。阿布萊提騎在馬上，回頭說道。

「是啊，聽得到，那是火箭彈爆炸的聲音。」

「為什麼大家都無所謂呢？」

阿布萊提看著其他的隊員們，聳聳肩。

「就算在這裡著急也沒有用啊，沒法子。」

「你難道不擔心這是在哪裡發生的事情嗎？」

「大致估計得出來，但是現在沒辦法啊。這是阿拉的意思吧。」

阿布萊提摸著他的鬍子說道。

把任何事情都交給神的人，真的是很輕鬆的人。

弓自己一個人在那兒感到很生氣。不過，對方說的也對，就算再怎麼擔心也沒辦法，只能等待時間的流逝而已。

終於，騎馬隊一行人通過了橫切山腰的羊腸小徑來到谷間。這時，如遠雷般的聲響停止了。

弓覺得很無聊，在馬背上伸了好幾次懶腰，打個大呵欠。隊員中甚至還有人騎在馬背上打盹。

6

夕陽西沉，天山山脈的險峻山嶺被夕陽染成紅色。白天悶熱的暑氣已經消退了，現在氣溫開始降低。

弓身上裹著毛毯抵擋寒冷。馬的身體開始冒著白色的熱氣。周圍被一片暮色包圍著，山邊以暗紅色的天空為背景，看到幾個黑色的影子在移動。

突然，在前面帶頭的特爾剛和帕戴的行動顯得有點慌亂。整個隊列停止前進，在前方的偵察員騎馬回來。偵察員好像在對帕戴說些什麼。以帕戴為首的數騎成為一團，一起和偵察員向前奔馳而去。

「到底發生了什麼事？」

弓感到很不安，詢問阿布萊提。阿布萊提也搖搖頭，一邊制止著想要逃走的馬說道。

「大概發生了什麼事吧。」

「所以，才問你什麼事啊！」

范鳳英將馬帶到前面，走在阿布萊提的旁邊問他。

「隊長去看看，待會兒就知道了。」

阿布萊提很悠閒的回答。

「難道已經接近目的地了嗎？」

王蘭在後面問阿布萊提。

「喔，大概還有兩、三公里。」

「我們到底要到哪兒去呢？」

弓問阿布萊提。先前問過好幾次特爾剛老人和帕戴隊長，但他們只說還沒有決定目的地。

「隊長沒告訴你們嗎？」

阿布萊提感到很驚訝似的問道。

「是啊，沒告訴我們。」

「阿布萊提，你是不是也不告訴我們呢？」

范鳳英以尖銳的聲音問道。

「是有兩口井的山谷，是我們的根據地之一。」

「那麼地名是什麼呢？」

王蘭似乎難以置信似的問道。

「在山脈中有無數的乾河和山谷，不能夠一一加以命名。但是有泉水的谷，亦即有綠洲的谷並不多，而且同一個谷有兩處出水的地方就更少了，因此有兩口井的谷通過耶爾里克。」

「什麼是耶爾里克啊？」

弓感到很訝異。

「就是當地人的意思。是在與外地人區別時使用的說法。也就是說，對我們維吾爾人而言，自己是耶爾里克，你們就是外地人。」

阿布萊提笑著說道。弓則和小蘭、鳳英互看。

原來我們是外地來的人，就算對外地來的人說明目的地，他們也聽不懂吧。

特爾剛老人騎在馬上，不知道在說些什麼。這時，馬的速度加快，弓放鬆韁繩，加快馬奔馳的速度。

「到底是怎麼一回事啊？」

弓詢問阿布萊提。阿布萊提並沒有回答，但是，他的臉上卻出現與以往不同的緊張神情。

一定發生了什麼事。

騎馬隊馳騁在天色昏暗的岩石大地上，揚起沙塵。穿越起伏的荒野時，可以看到前方稀疏的灌木林。

這是三邊都由岩石、丘陵圍繞的綠洲，但是卻聞到了難聞的臭味。撲鼻而來的臭味是汽油燃燒的臭味以及硝煙味。

微風吹過，只要聞過一次，就無法忘記這種難聞的臭味。

難道真是如此嗎？弓有種不好的預感。

難道在白天聽到的如遠雷般的爆炸聲，就是從這個綠洲谷所傳來的嗎？

騎馬隊趕緊朝著山道馳騁而下。在谷間有茂密的灌木林，而且雜草叢生。

跑在前頭的馬和人影被許多人圍繞著，那兒就是特爾剛＝帕戴隊的本隊。

弓感到很驚訝。在人影中有女人和小孩，還有老人和少年，全都是以悲傷的聲音迎接騎馬隊的男子們。

阿布萊提也趕緊跳下馬與跑過來的女子和小孩抱在一起。

在灌木林中有如瓦礫般的倒塌住宅，全都冒著煙，木炭還留有燃燒後的餘燼。看來以前可能是村落的住宅全都遭到破壞，這裡瀰漫著一股屍體的焦臭味。

弓在王蘭和范鳳英的幫助下下馬。騎馬隊的男子們在安慰著哭泣的女子和孩子們。

「你看那裡！」

范鳳英指著成為瓦礫的廢墟一角。由於夕陽還殘留在空中，因此可以看到周遭朦朧的景色。

范鳳英指著的一角是女人和小孩焦黑的屍體堆在一起。

「那裡也有。」

王蘭嘶啞著聲音說道。

弓看著王蘭所指的灌木林，那裡倒臥著幾十具的屍體，幾乎都是女人和小孩的屍體。

「是誰做了這麼殘忍的事？」

弓生氣的問道。

「那些人。中國軍的討伐部隊來找尋游擊隊員。」

背後聽到帕戴的聲音。帕戴不知道什麼時候站在弓的身旁。

「為什麼中國軍隊要這樣傷害女人和孩子呢？」

「報復。只要游擊隊員殺死一名中國軍隊的漢人士兵，他們就要殺死十倍的維吾爾人。這是一個警告，這些人殺了十個漢人，擊潰了維吾爾人的村鎮，會殺掉一百個維吾爾人。」

「毫無選擇地殺人，這樣不是虐殺嗎？」

王蘭呻吟似的說道。

「是啊，這就是他們的做法。」

帕戴的聲音中充滿著憤怒。

「為什麼要這麼做呢？」

范鳳英嘶啞著聲音問道。

「維吾爾人很少，即使聚集新疆維吾爾自治區所有的維吾爾人，也只有七百二十二萬人而已。這個自治區的漢人有五百七十七萬人，比我們更少。因此，大量殺死維吾爾人，他們就能夠成為多數派。」

「這麼過分！」

弓喃喃自語的說著。

「那不就好像納粹黨的做法嗎？」

「在中國本土有十三億漢人，七百二十二萬的維吾爾人只是極少數民族，即使我們殺了再多的漢人，還是會有很多的漢人從本土趕來。就數目而言，這些漢人是不會輸的。」

王蘭和范鳳英似乎責怪自己是漢人似的，縮著身子。帕戴則對王蘭和范鳳英說：

「我並不是要責怪妳們。漢人雖然是漢人，但我指的是現在統治北京政府的共產主義者們，雖然他們嘴裡喊著所有民族平等的社會主義的國際主義精神，但實際上卻將新疆維吾爾自治區當成是漢人統治的殖民地。包括維吾爾以及居住在該處的少數民族，全都被他們視為奴隸。我們拼死與漢人軍隊或公安作戰，就是因為我們還有正義。阿拉也答應我們參與這場聖戰。為了聖戰，我們願意奉獻生命。」

弓與王蘭、范鳳英之間瀰漫著一股凝重的氣氛，沒有人開口說話，還是看著躺在那兒的遺體。遺族們全都圍在遺體前放聲大哭。

特爾剛老人叫喚弓。弓回頭朝著聲音傳來的方向看過去，看到與特爾剛老人在一起的人不斷叫著，同時跑向弓，抱著弓。

「弓！弓！真的是妳。」

是令人懷念的童寧的聲音。

「寧寧！妳不是寧寧嗎？」

童寧好像要勒緊弓的身子似的，緊緊抱著她。

「太棒了！太棒了！我作夢都沒有想到會在這兒看到妳。」

「妳怎麼會在這兒呢？」

弓放開童寧的身子，在昏暗中看著童寧。

帕戴似乎發現了這一點，因此拿出手電筒照著弓和童寧。兩人互相對看，又擁抱在一起，感到非常高興。

「妳還記得嗎？這是小蘭。」

「我當然記得囉！」

弓看著王蘭，童寧則將雙手張開，跑向王蘭與她擁抱。

「我也知道啊，在弓的房間裡曾經見到妳。」

與王蘭擁抱，高興的流下淚來。弓將范鳳英介紹給童寧認識，童寧也和范鳳英擁抱，慶祝大家平安無事。

「弓，妳的左腿骨折了嗎？」

童寧看到弓左腿上的夾板。

「不要緊，已經處理過了。」

「不行，一定要去照X光，看一下骨折的情況。」

「對啊，等到醫院去以後再這麼做吧。」

「我立刻安排，跟我一起來。」

童寧抓著弓的手臂，讓弓搭著她的肩。

「到哪兒去？」

「我現在在野戰醫院幫忙啊！」

「野戰醫院？哪裡有這樣的設施呢？」

弓感到很驚訝，王蘭和范鳳英也圍著童寧。

「來這個村中照顧受傷的人啊！」

特爾剛老人說著，在一旁的帕戴加以翻譯。

「童寧從北京回來之後，就在新疆維吾爾民族解放戰線的醫療班擔任護士。本來想明天帶妳們到野戰醫院去的，但是因為村子遭到攻擊，野戰醫院的醫療班已經遷到這兒來了。我想這應該是阿拉的召喚吧。」

「謝謝，特爾剛。在異鄉之地竟然能夠遇到親友，真是作夢都想不到的事情。這是夢嗎？我真的難以相信。」

弓扶著童寧的肩膀說著。

「走吧，在空地那邊停著我們移動診療所的車子，請醫生為妳診治吧。」

童寧用肩膀幫助弓走了過去。

「走吧，我們也去幫忙。」

范鳳英和王蘭也好像圍著弓和童寧似的，和她們一起走。

「寧寧，我有好多話要跟妳說。」

「我也有好多話要跟妳說。」

弓和童寧因為久別的再見，而感到非常興奮。

周遭已經非常黑暗了。綠洲各處都點燃了火堆，映照著悲傷的人。

看到這種情景，想到自己竟然沉浸在再見的喜悅中，真是感到很不好意思，可是情緒無法平靜下來。

「就是這裡。」

童寧說著。周遭有由灌木圍繞的空地，看到燈火輝煌的鹵素燈，同時有塗成迷彩色的醫療用車停在那兒。在車輛旁邊搭著一個帳篷，在鹵素燈的照映下，看到穿著白衣的醫師正在為傷者動手術，還有護士在幫忙。

童寧扶著弓上了車，車上擺著舖著白色、乾淨床單的床。穿著白衣的青年醫師正在檢查躺在床上的男孩，雙腿被擊中，已經失去了雙腿。男孩的臉因為劇痛而扭曲，叫著母親。

「這個孩子的母親被殺了，但是還沒有讓他知道。」

童寧對弓耳語著。

弓看到這個孩子時，覺得自己的眼中泛著淚水。

「我絕對不允許這種事情發生。」

弓憤怒的說出這句話。

7

東京・砲台・國際貿易中心大樓四十五樓國際會議室　8月19日　下午6時

玻璃窗映照著金黃色的夕陽。

巧妙接收自然採光的會議室，即使是間接照明也能夠保持足夠的亮度。

統幕作戰部長新城克昌坐在扶手椅上，側耳傾聽台灣政府派遣的特別代表劉仲明的發言。

隔著桌子，在對面與特別顧問劉仲明坐在一起的是，滿洲共和國代表瀋陽軍最高軍事顧問許瑞林退役上將，以及瀋陽軍司令員林朝文上將，他們都是滿臉笑容的坐在那兒。

而在這邊則是與新城作戰部長在一起的統幕議長河原端，以及防衛廳長官栗林，更旁邊則有美國政府代表，總統特別輔佐官巴納德・格里菲斯，以及助理國務卿賈克・科瓦爾斯基，還有駐日美軍司令官喬治・提拉中將。

美日台滿四國的秘密會談已經持續進行了十幾個小時。為了召開秘密會談，選擇國際貿易中心大樓國際會議室的理由，就是都市中心的政府相關設施或飯店過於顯眼，恐怕會受到各國諜報機構或大眾傳播媒體的干擾。

談話在特別顧問劉仲明的主持之下，順利進行到最後階段。

「……您覺得怎麼樣呢？是否已經做出決定了？」

特別顧問劉仲明以流暢的英語說道，看著出席者們。瀋陽軍的許最高軍事顧問與林司令員手按著耳機，專心的聽同步翻譯。

「首先，想請問一下中日戰爭的當事國日本的想法。」

「我國政府原則上對於中國大陸不論有任何理由，都不能夠派遣自衛隊。雖然是保全領土，進行國土防衛戰爭，但也不可能去討伐對方，故原則上不可能轟炸北京。」

防衛廳長官栗林面露凝重的神情說道。特別顧問劉仲明則仔細問道。

「這是原則問題嗎？」

「的確如此。」

「但還是可以破壞原則。例如成為PKF，你覺得如何呢？」

「如果在滿洲共和國與北京政府之間，發生類似台海戰爭的軍事衝突，而聯合國安全保障理事會為了防止戰爭以及維持和平，呼籲聯合國加盟國派遣PKF時，我國也會成為聯合國軍隊的一員，派遣PKF到中國本土，這時當然需要國會的承認。」

「原來如此。那麼，只要聯合國安全保障理事會提出要求，你們什麼事都願意做囉？」

「你這麼說也未免太直接了當了。不過，我國的確有聯合國中心主義的原則，即使與中國發生戰爭，還是有不願意日本超越領土防衛的範圍，去進攻敵國的國民感情。因此，要攻擊中國本土，一定要經由國民同意。戰爭必須是在自衛的範圍內進行，這就是我們受到的限制。所以如果想轟炸北京，必須要有來自聯合國的強力要求。成為聯合國PKF的一環後，才容易進行。不過，相信還是有很多國民抱持強烈的反對態度。」

「日本人的確是喜歡原則的民族。」

特別顧問劉仲明加以批評。

「日本是民主國家，政府、軍部和指導戰爭的國家是不同的。」

栗林長官說道。

「原來如此。原來民主國家還有一些麻煩的手續啊！那麼，美國政府又如何呢？是否要接受滿洲共和國的要求呢？」

特別顧問劉仲明看著美國政府代表特別輔佐官格里菲斯。

「基本上，我國也不考慮出動地面部隊到中國大陸。但還是要看今後戰爭的發展。為了擊潰北京政府。將會強化利用海空軍飛機的轟炸。因此，如果現在能夠讓我們使用滿洲國內的空軍基地或機場，對我們而言，助益甚大。若是具備這項條件，那麼，擬定轟炸北京作戰計劃時，在考慮飛行路線時，就非常輕鬆了。我國既然承認滿洲共和國，當然就會想與其締結軍事協助關係。」

格里菲斯輔佐官謹慎的說。而特別顧問劉仲明，則看著瀋陽軍司令員林朝文將軍。

「滿洲共和國對於這個回答有什麼看法？」

林司令員說的是北京話，但可以透過耳機聽到同步翻譯。

「我已經了解美日兩國政府的立場和意見。如果我們能夠得到各國的承認，那麼，就會儘快和美國、日本締結軍事協助關係。不久的將來，我國為了獲得真正的獨立，可能會對於北京採取來自陸空的軍事大攻勢。但是如果我國單獨作戰，則在裝備方面就無法打敗強大的北京軍隊。我軍最脆弱的是航空戰力，若能確保航空優勢，地面作戰應該就會有五分的戰力。

也就是只要能夠投入美日兩國海空軍方面的戰力，使我軍掌握航空優勢，那麼，地面作戰就會對我方有利。只要擁有航空支援，我方的地面軍隊就能攻上北京。美日兩國如果答應航空支援，則我國為了讓兩國高興，也會提供空軍基地和機場，包括燃料、糧食及宿舍等，都會全力配合。」

特別顧問劉仲明看著美日代表。

「你們覺得如何，是否找出妥協點了?」

「可以的，我們會立刻回政府，進行正式的決定。」

助理國務卿科瓦爾斯基點點頭。

「我們回到政府後，會盡量積極給予回應。」

栗林長官也點點頭。

滿洲共和國的許最高軍事顧問和林司令員透過共同翻譯聽到這番話，感到很高興。

新城作戰部長看著特別顧問劉仲明，很滿意的點了點頭。

8

「起床，緊急出動！」

緊急召集的喇叭響起。

待在帳篷裡的劉小新從行軍床上跳起來。帳篷外一片漆黑。

外面響起因為緊急召集而起床士兵的腳步聲，以及鼓勵士兵的下士官的大吼聲。

看看手錶，指針正指著深夜二時。

劉小新趕緊穿著野戰戰鬥服。襯衫塞進褲子裡，槍帶繫在腰上，手槍插入槍套中，穿著長靴，繫緊鞋帶。

軍營前的廣場，武裝直升機的引擎啟動聲響起。輪動裝甲車的引擎也啟動了。

戴著鋼盔的劉小新跑到帳篷外，看到營內廣場眾小隊士兵已經開始整隊。還有人手上拿著槍，正從營房裡跑出來。

下士官用腳踢遲到的士兵臀部。

「慢吞吞的，敵人不會等你的！」

「快走快走快走！」

全軍營充斥著怒吼聲。

從來沒聽說要演習，究竟發生什麼事了？

劉小新走到部隊指揮官聚集處，在手電筒的照明下，作戰地圖攤開著。隊長韋上尉正對部下各指揮官說明狀況。

當劉小新走近時，指揮官下達「立正」的命令。韋上尉等軍官立刻立正，向劉小新敬禮，劉小新答禮。

「這是怎麼回事？」

韋上尉用手電筒的光照著作戰地圖的一隅。

「先前接到緊急通報，距離此處約三十公里的第五觀察哨，受到游擊隊襲擊。第五觀察哨位在另一個山頭南側的山谷中，部隊要從這兒出發，追入山谷，將他們殲滅。」

「敵方規模如何？」

「因為黑暗，人數不明。不過，規模似乎相當龐大。敵人不僅發射火箭彈，而且還聽到車子的引擎聲，兵力可能相當龐大。」

「觀察哨的兵員數目呢？」

「一個分隊十人。中校，你打算怎麼辦？是要留在這裡，還是進行前線視察？」

韋上尉詢問。

劉小新說：

「當然和你一起去囉！」

「好，立刻出動。」

軍官們跑向已經排列整齊的部隊，下達命令後，士兵們一起跑向螺旋槳正在旋轉的直升機及輪動裝甲車。

「第一小隊，出發！」「第二小隊，再慢吞吞的，就把你們丟在這裡！」「第三小隊，快跑快跑！」

劉小新和韋上尉一起走向武裝直升機。

這時，直升機旁邊的門已經打開。全副武裝的軍隊以各分隊的方式開始搭乘直升機。而鑽入直升機下方的機械員拿掉火箭彈壺和反坦克導彈的保險銷。

劉小新和韋上尉搭乘一架武裝直升機。第一小隊隊長康少尉和參謀杜中尉也坐上來。地勤人員關上直升機的門，組員中士則從內側鎖上門。

「各位，隨時都要發動夜襲。今晚從空中追趕敵軍，將他們擊潰。」

韋上尉興奮的說著。小隊長康少尉摸摸手臂。杜中尉臉上露出笑容。劉小新則繫好安全帶。

原先只配置了兩架Ｍｉ－８武裝直升機，不過，幾天前，烏魯木齊司令部總後勤部又追加了兩架Ｍｉ－８。

第八巡邏隊的警備地區被視為最熾烈的戰爭點，因此，決定優先配備Ｍｉ－８重武裝直升機，因而提升了第八巡邏隊全隊的鬥志。這次所有武裝直升機部隊全機出擊。

地面引導員揮舞著燈光，做出離陸的指示。螺旋槳變得更加吵雜，機身飄浮起來。

劉小新戴耳機，對內藏麥克風說道。

「韋上尉，這種情況經常發生嗎？」

『是的。在中校來之前的一週內，只要觀察哨附近的村落遭到游擊隊攻擊，就要出動直升機。可是他們逃得很快，等到直升機趕過去，他們早就逃之夭夭了，每次都撲個空。』

韋上尉苦笑。

四架武裝直升機在軍營上空盤旋一次。在地上的輪動裝甲車、步兵戰鬥車和裝甲運兵車等十餘輛隊列，已經離開由沙袋圍繞的基地，一路朝東挺進。

「地面部隊到哪去了？」

『在我們擊潰敵人部隊之後，他們要追擊敵人，今晚絕對不能讓他們逃走。』

「今晚的攻擊和平常不同嗎？」

『被攻擊的第五觀察哨設置在谷間的村落附近。周圍一百公里以上，除了背後的山以外，無處可躲的平坦山岩或荒地，形成山脈獨立出來的小山，無法逃到山中。因此，敵人以往從未攻擊過第五觀察哨，因為無處可逃之故。所以這次是個好機會，我們一定要一舉擊潰他們。利用地面部隊，將所有的敵人一舉殲滅。』

韋上尉看著部下康少尉和杜中尉。

「其他的觀察哨情況如何？」

劉小新大聲的詢問參謀杜中尉。杜中尉將作戰地圖攤在膝上。

第八巡邏隊管轄的警備地區的地圖，在中央是第八巡邏隊基地的位置，周圍十餘處紅色標誌表示警備地區的位置。以基地為中心，順時針方向編上第一至第十的編號。

「以前遭受襲擊次數最多的是哪一個觀察哨？」

『頻率最高的是西側的第九觀察哨。這裡經常必須派遣一個小隊三十四名兵員看守。』

「距離基地多遠？」

『第九觀察哨距離三十公里。其他則大約三、四十公里設置一個觀察哨。』

「為什麼第九觀察哨遭到攻擊的頻率最高呢？」

『因為敵方根據地的山地就在背後，要出入這個山地，就要經過第九或第八觀察哨附近，因此，無論第八或第九觀察哨都經常遭到攻擊。所以此處較其他觀察哨多配置了兩個分隊。』

「為什麼要將部隊分散，兵力分散不是很危險嗎？」

『原本我們也是這麼想，但是游擊隊通常都是六、七人的小規模隊伍。每次他們攻擊村落或軍隊設施，基地派遣討伐隊時，他們早就逃走了。若是游擊隊，只需分隊規模的部隊就足以應付。因此，與其從基地出擊，不如將部隊安排在前方，增加機動力，所以才會安排數個觀察哨。』

「烏魯木齊的司令部可以看到來自地方的報告。這些游擊隊不會採取小規模部隊攻擊，反而多半是大規模部隊的真正攻擊。小規模游擊隊分為幾隊，有時會進行多方面的攻擊。像第八巡邏隊管轄地區的游擊隊就會這麼做，是不是這樣，韋上尉?」

『中校，他說得很對。我最近也發現游擊隊攻擊的方式比以前更巧妙了。因此，才會要求司令部追加Mi－8。游擊隊的動作迅速，我們一定要利用直升機反擊。但是這個策略有其限制。每次接獲通報後出擊，出擊次數太多，兵員們都覺得很疲累了。』

韋上尉看著乘坐直升機的士兵們。士兵們在直升機轟隆的聲音中竟然還可以打盹兒。

『中校，你是否有什麼好的戰術，可以代替現在的策略呢?』

「如果是我，我會將以往遭受到游擊隊攻擊次數較少的觀察哨撤掉，召回兵員，並將他們集中在經常遭受攻擊的第八、第九觀察哨，建立城寨。接著屯駐一個中隊規模的分遣隊，甚至可以設置第八巡邏隊基地。」

『說的也是，如此一來，就可以不必派遣直升機飛往距離基地三十公里遠的觀察哨，同時還可以阻礙游擊隊出沒山地。』

韋上尉說道。參謀杜中尉插嘴說道：

『那麼，其他地區該怎麼辦呢?』

「第八巡邏隊不是有四個中隊嗎?原本其中兩個中隊的兵員分散在觀察哨，其實不必這麼做，只需將其中一個中隊當成分遣隊，集中屯駐在第九觀察哨，另外三個中隊中，一個中隊當成利用直升機的緊急應付部隊；一個中隊當成機動部隊，經常進行警備地區內的巡邏工作；最後一個中隊則當成預備兵力，在本部基地待命，隨時進行緊急派遣。」

『但是，誰敢擔保游擊隊不會出沒在兵力較薄弱的地區呢？』

「一定要捨棄控制所有游擊隊的作法。在如此廣大的地區，少數游擊隊移動的位置根本不重要，必須以在大規模游擊隊想要攻擊主要城鎮或軍事設施時，集中投入戰力，加以擊潰，否則我們會被游擊隊的活動玩弄於股掌之間，最後失去戰鬥力，疲累不堪。這樣就中了游擊隊的計了。」

『中校，我認為應該採用這個戰術。以往我們只是在消耗戰力。杜中尉，回去以後，你好好思考一下中校的建議，檢討一下接下來該怎麼做。』

『是的，我知道了。』

杜中尉勉強點頭。

劉小新看著眼下的荒野，四架直升機編隊的武裝直升機關了航空燈，在黑夜中飛行。只藉著機身上方的紅燈，當成辨識相互位置的標誌。

大地一片漆黑，背對著明亮的星空，可以看到山的稜線。

『隊長，不久就可以抵達第五觀察哨，距離十公里。』

聽到駕駛員的聲音。

『用無線電呼叫第五觀察哨。』

韋上尉命令道。

副駕駛開始呼叫。

『第五觀察哨，第五觀察哨，這裡是黑龍，請回答。』

『……。』

沒有回應。

『沒有回應。』

韋上尉焦躁的說道。

『副駕駛，繼續呼叫。駕駛，快一點，還沒有看到第五觀察哨的燈光嗎？』

『不久就能到達第五觀察哨上空，可以看到燈光……。』

『在哪裡？』

韋上尉鬆開安全帶，隔著座艙罩，看著黑暗的前方。

『十一點方向。』

劉小新也看著左手邊的方向。

在一片漆黑中，看到紅色的火焰，谷間則看到火光。

『一號機呼叫全機，第五觀察哨起火燃燒。三號、四號機在空中待命，警戒周圍情況，敵人可能會發動攻擊，要嚴密警戒。二號機跟著一號機。』

駕駛說道。

『二號機了解。』

聽到回答。

『著陸前用照明彈照亮周圍，盤旋。』

韋上尉命令。

『了解。』

機身下方的照明彈射出。照明彈放出白色光，照亮眼下的大地。

觀察哨的建築物持續燃燒。平坦的岩石地範圍廣大。在建物周邊的沙包陣地，有幾個人影倒下。

『沒有發現敵人。』

『呼叫三號、四號機。搜索周邊，發現敵人就加以攻擊，應該還逃不遠。』

韋上尉大叫著。

『了解！』『了解！』

各自聽到回答。

『著陸。』『著陸。』

直升機發出高亢的螺旋槳聲，盤旋後準備著陸。

「第一分隊、第二分隊準備戰鬥！著陸的同時跳出。」

康少尉大吼著。分隊長上士也命令士兵：

「睡覺時間結束了。不可以讓任何一個敵人活著回去，殺光他們！」

直升機捲起地面上的沙石著陸。坐在機上的人員打開機門。

「快走快走！」

上士大吼著。

持槍的士兵們彎腰從機內跳出。

韋上尉拿著手槍先跳出去，劉小新跟著跳到機外。

「散開！」

二號機在觀察哨對面的空地著陸，搭載的士兵陸續跳出。全員圍著觀察哨，觀察周遭的狀況。

在士兵們全都跳出後，直升機發出轟隆的聲響，朝上空飛去。照明彈再次照亮夜空。

「警戒周圍的狀況！」

韋上尉大叫著，並帶著部下跳入觀察哨的沙包陣地。劉小新也趕緊跟著跳入。

此處好像中彈，屍體散落一地。觀察哨的建物半毀，牆壁開了個大洞，證明曾被反坦克火箭彈擊中。

「畜生，這些可惡的傢伙！」

韋上尉看著眼前的慘狀，氣得以腳跺地。屍體大約有七、八人。

「小隊中士收集認識票。第一分隊挖坑，掩埋同志的屍體。」

韋上尉看著周遭的狀況，大叫著。

「畜生，這些傢伙中有人背叛。」

韋上尉踢著沙包。劉小新問道：

「為什麼呢？」

「這些分隊有維吾爾人，沒有他的屍體，表示他已經倒向敵人了。」

韋上尉大叫著。這時，分隊中還有其他維吾爾族的士兵，他們聽到韋上尉的怒吼聲，臉上表情凝重，開始收集屍體的作業。

山的另一邊傳來槍擊聲，韋上尉看著聲音的方向。

「無線士！」

無線士跑到韋上尉身旁。劉小新也看著發生槍擊的山的方向。照明彈照亮山腰，可以看到幾個人影。

在上空盤旋的武裝直升機發出閃光，衝向山腰。

這時，無線機的擴音器傳出聲音。

『三號機呼叫隊長，發現敵人，進行攻擊。』

聽到槍擊聲。山的岩石地冒出煙塵，有人影滾落下來，並未看到其他敵兵。

「敵方規模如何？」

韋上尉拿著麥克風詢問。

『七、八人，不，也許更少。』

「絕對要將他們困在附近，全機出動搜索。」

韋上尉興奮的看著山上。高度相當低，彷彿磚瓦堆砌成的山，的確是很難隱藏的地方。

四架武裝直升機，在空中大幅度盤旋，搜索敵人。韋上尉很不高興的看著遭到破壞的陣地。

遭到數枚擲彈筒的攻擊，可能是在睡覺時被襲擊。露宿用的毛毯、寢具散落一地。

觀察哨在高台，可以看到周圍的荒野。附近谷間有維吾爾人居住的村落，但是並沒有看到住家的燈光，周遭非常安靜。

「隊長，要不要教訓他們？村子裡那些維吾爾人一定知道今晚的襲擊行動。」

杜中尉用下巴指指村子。

韋上尉看著村子的方向。劉小新對韋上尉說。

「韋上尉，停止吧！即使這麼做，也挽回不了什麼。」

「中校，你不是當地人，才會什麼都不知道。他們就好像讓游擊隊在此藏匿的海一樣，一旦海乾涸了，則在海裡的魚，也就是游擊隊，就無法有所行動了。」

「你們不聽我的命令嗎？」

「雖然你的階級比較高，但這裡的指揮官是韋上尉，你只不過是到當地視察的上級軍官而已，這裡是由現場指揮官負責的。」

杜中尉生氣的說著。韋上尉嘆了一口氣，制止杜中尉。

「停止報復吧！因為憤怒而採取報復行動，只會更促使他們倒向游擊隊。」

「就算不報復，他們也會支持游擊隊，一定要殺死敵人。隊長不是經常對部下這麼說嗎？」

「隊長！接到基地的緊急聯絡。」

無線士大叫著。韋上尉拍拍杜中尉的肩膀。

「可是中校也反對啊！而且我也不打算攻擊村落，好了。」

韋上尉走近無線機，拿起麥克風。

「怎麼回事？」

『……遭受攻擊，敵人的……』

無線電斷斷續續的，通話不清楚，擴音器傳來爆炸聲。

「怎麼回事？報告狀況。本部，報告狀況。」

『……敵人的總攻擊……到達本部。再這樣下去，全部會被殲滅，趕緊……』

再次聽到爆炸聲，無線電的聲音消失。

「被擊中了，本部受到攻擊，這裡只是個誘餌。」

韋上尉大吼著。韋上尉立刻跑向無線麥克風。

「呼叫直升機部隊，三號、四號立刻趕回本部，本部受到攻擊，動作快。」

『了解！』『了解！』

聽到回答。

兩架武裝直升機超低空掠過。韋上尉說道：

「一號機、二號機著陸，送部隊回本部。快點著陸！」

康少尉和分隊長知道事態，趕緊命令部下們：

「撤退，趕緊埋藏遺體，動作快。」

無線士趕緊命令第三中隊、第四中隊撤回基地。

在山腰負責搜索的武裝直升機趕緊回到上空，準備著陸。

劉小新點起發煙筒，誘導直升機著陸。直升機發出轟隆的螺旋槳聲，飄然著陸。

載著劉小新等人的武裝直升機，以最高航速朝基地飛回。三號機、四號機已經來到基地附近，搜索周邊的敵人，但並沒有發現敵人的蹤影。

「怎麼回事？」

韋上尉對於一直遇到這麼倒楣的事情感到非常生氣。

「難道防衛隊沒有留在基地嗎？」

劉小新詢問。

「只留下本部要員和一個小隊的兵力。正如參謀的作戰方式，動員了全部的部隊，進行掃蕩作戰。」

韋上尉好像責怪杜中尉似的看著他，但是，想起最後決定的指揮官是自己，只好什麼也不說。

『到達基地上空。』

駕駛員告知。韋上尉和劉小新俯瞰下方的基地。基地的軍營、倉庫及司令部本部的小屋全都燃燒起火，冒出熊熊火光。

「發射照明彈。」

施放照明彈後，浮現基地全景。沒有任何人影，沒有同志的屍體，也沒有敵人的屍體，只有蓄水池的水面反射著照明彈的光。

「著陸！」

韋上尉下達命令。康少尉和分隊長的上士大叫著。

「不知道敵方的狙擊兵在什麼地方，要好好警戒！」

直升機發出轟隆聲，降落在無人的停機坪上。門一打開，士兵們全都跳出機外。

士兵們跳出後，武裝直升機又回到上空盤旋。

「不知道敵人躲在哪裡，趕緊開始搜查。」

韋上尉大叫著。士兵們一起朝四方分散開來。劉小新和韋上尉一起站在冒著黑煙的本部建築物前。火勢已經減弱，自然滅火。

「我們中計了，中了敵人的計。」

韋上尉很懊惱的喃喃自語的說著。劉小新也對於游擊隊巧妙的聲東擊西戰略感到很驚訝，害怕自己也許會輸了這場戰爭。

「但是，為什麼沒有看到同志的屍體，真奇怪！」

韋上尉很不安的看著周圍。

康少尉跑回來，緊繃著臉。

「隊長，發現同志的屍體。」

「很好，在哪裡？」

康少尉直指著蓄水池。韋上尉感到訝異，看著劉小新。

劉小新和韋上尉趕緊跑向蓄水池。

臉色蒼白的士兵們，站在蓄水池前，他們指著池中。水池被鮮血汙染，池底躺著幾十具士兵的屍體。

「為什麼要這麼做？」

韋上尉大叫著，並命令士兵將遺體撈上來。士兵們趕緊跳入池中。水池的深度還不及人膝。

士兵們陸續將遺體抬出來。劉小新看到其中的一具遺體，摀住自己的嘴，湧現一股噁心感。

遺體全都面露笑容，口中叼著東西。每具遺體褲子都被脫下來，露出鮮血淋漓的下半身。

「這些畜生！」

韋上尉生氣的怒罵著。他拉出屍體叼著的東西，發現原來是割下來的陰莖。

怎麼會這麼做呢？

劉小新第一次發現戰爭的殘暴。

（待續）

軍力比較資料

自衛隊

◎以下是中日戰爭時的編組

⊙航空自衛隊

航空總隊（府中）
總隊司令部飛行隊（入間）
電子戰支援隊（入間）　YS－11E、EC－1
電子飛行測定隊　YS－11E
偵察飛行隊（百里）
第五〇一飛行隊　RF－4E、RF－4EJ
防空指揮群（府中）
飛行教導隊（新田原）　F－15J
警戒航空隊
第六〇一飛行隊（三澤）　E－2C
第六〇二飛行隊（小松）　E767AWACS
程式管理隊（入間）
教導高射隊（濱松）

★北部航空方面隊（三澤）
北部航空警戒管制團（三澤）
第二航空團（千歲）
第二〇一飛行隊　F－15J
第二〇三飛行隊　F－15J
第三航空團（三澤）
第三飛行隊　F－2（F－1退役）
第八飛行隊　F－4EJ改良型
第三高射群（千歲）　千歲、長沼（愛國者導彈）
第六高射群（三澤）　八雲、車力（愛國者導彈）
北部航空設施隊（三澤）
第一基地防空群（千歲）

★中部航空方面隊（入間）
中部航空警戒管制團（入間）
第六航空團（小松）
第三〇三飛行隊　F－15J（移動到琉球）
第三〇六飛行隊　F－4EJ改良型變更為F－15J

第七航空團（百里）
第二〇四飛行隊　F—15J（移動到琉球）
第三〇五飛行隊　F—15J
第一高射群（入間）　入間、武山、習志野、霞浦（愛國者導彈）
第四高射群（岐阜）　饗庭野、岐阜、白山（愛國者導彈）
中部航空設施隊（入間）　入間、小松、百里
硫黃島基地隊
各基地防空隊
★西部航空方面隊（春日）
西部航空警戒管制團（春日）
第五航空團（新田原）
第二〇二飛行隊　F—15J
第三〇一飛行隊　F—4EJ改良型（移動到琉球）
第八航空團（築城）
第三〇四飛行隊　F—15J
第六飛行隊　F—4EJ改良型（F—1退役）（移動到琉球）
第二高射群（春日）

第五〇一基地防衛隊
西部航空設施隊（蘆屋）
西部航空司令部支援飛行隊（春日）
★西南航空混合團（那霸）
西南航空警戒管制團（那霸）
第八三航空隊
第三〇二飛行隊　F—4EJ改良型（擁有三十架以上）
西南支援飛行班　T—4、B—65
第五高射群（那霸）　那霸、恩納、知念（愛國者導彈）
西南航空設施隊（那霸）
★航空支援集團（府中）
航空救難團（入間）　包括千歲、那霸等各地的救難隊
第一運輸航空隊（小松）
第四〇一飛行隊　C130H
第二運輸航空隊（入間）
第四〇二飛行隊　C—1、YS—11
第三運輸航空隊（美保）
第四〇三飛行隊　C—1、YS—11、U—4

第四一教育飛行隊 T—400
航空保安管制群（入間）
航空氣象群（府中）
飛行檢查隊（入間） U—125、T—33A、YS—11
特別運輸航空隊（千歲）
第七〇一飛行隊 B747
★航空教育集團（濱松）
第一航空團（濱松）
第三十一教育飛行隊 T—4
第三十二教育飛行隊 T—4
第四航空團（松島）
第二十一飛行隊 T—2
第二十二飛行隊 T—2
第十一飛行隊 T—4藍因帕雷
第十一飛行教育團（靜濱） T—3
第十二飛行教育團（防府北） T—3
第十三飛行教育團（蘆屋） T—1／T—4
航空教育隊（防府南、熊谷）
幹部候補生學校（奈良）其他術科學校
★航空開發實驗集團（入間）

航空醫學實驗隊（立川）
電子開發實驗群（入間）
飛行開發實驗團（岐阜）
★補給本部（市谷） 第一到第四補給處

⊙海上自衛隊

自衛艦隊（橫須賀）
護衛隊群（橫須賀）
★第一護衛隊群（橫須賀）
DDH144「倉間」
第四十六護衛隊（橫須賀）
DD153「夕霧」
DD154「雨霧」
第四十八護衛隊（橫須賀）
DDG101「村雨」
DD155「濱霧」
DD157「澤霧」
第六十一護衛隊（橫須賀）
宙斯盾艦DD173「金剛」
DDG171「旗風」
補給艦

AOE421「永久號」

第一二一航空隊　SH－60J

★第二護衛隊群（佐世保）

DDH143「白根」　在第二波攻擊中後部甲板中彈，中度受損，能自力航行回航

第四十四護衛隊（吳）

DD129「山雪」　在第三波攻擊中中彈受損，不能航行

DD130「松雪」　在第一波攻擊中被中國海軍艦反艦導彈擊沈

第四十七護衛隊（佐世保）

DDG102「春雨」

DD156「瀨戶霧」　在第二波攻擊中受到反艦導彈攻擊，被擊沉

DD158「海霧」　在第二波攻擊中後部直升機甲板中彈，輕微受損，航行無礙

第六十二護衛隊（佐世保）

宙斯盾艦DD174「霧島」

DDG172「島風」

補給艦

AOE423「常磐」

第一二二航空隊

★第三護衛隊群（舞鶴）

DDH141「春名」

第四十二護衛隊（舞鶴）

DD128「春雪」

DD131「瀨戶雪」

第四十五護衛隊（佐世保）

DDG168「立風」

DD151「朝霧」

DD152「山霧」

第六十三護衛隊（舞鶴）

宙斯盾DD175「妙工」

DDG169「朝風」

補給艦

AOE421「逆見」

第一二三航空隊

★第四護衛隊群（吳）

DDH142「冷井」

第四十一護衛隊（大湊）

ＤＤ１２５「澤雪」
ＤＤ１２６「濱雪」
ＤＤ１２７「磯雪」
第四十三護衛隊（橫須賀）
ＤＤ１３２「朝雪」
ＤＤ１３３「島雪」
第六十四護衛隊（吳）
宙斯盾ＤＤ１７６「潮解」
ＤＤＧ１７０「澤風」
補給艦
ＡＯＥ４２４「濱名」
第一二四航空隊

潛水艦隊（橫須賀）

☆第一潛水隊群（吳）
ＡＳＲ４０２「不死身」　潛水艦救難艦
ＡＳＵ７０１８「朝雲」　特務艦（護衛艦ＤＤ山雲型三艦進行ＦＡＲＭ後完成）
★第一潛水隊
ＡＴＳＳ８００６「夕潮」　教練潛水艦

ＳＳ５７５「瀨戶潮」
ＳＳ５７６「沖潮」
ＳＳ５７９「秋潮」
★第五潛水隊
ＳＳ５８３「春潮」
ＳＳ５８４「夏潮」
ＳＳ５８７「若潮」
★第六潛水隊
ＳＳ５８５「早潮」
ＳＳ５８６「荒潮」
ＳＳ５８８「冬潮」
☆第二潛水隊群（橫須賀）
ＡＳ４０５「千代田」　潛水艦救難母艦
ＡＳＵ７０１９「望月」　特務艦（事實上是將護衛艦ＤＤ「高月」型的二號艦「菊月」進行現代化修改ＦＡＲＭ艦）
★第二潛水隊
ＳＳ５７７「灘潮」
ＳＳ５７８「濱潮」
★第三潛水隊

SS589「朝潮」
SS590「親潮」
★第四潛水隊
SS580「竹潮」
SS581「雪潮」
SS582「幸潮」

掃雷隊

★第一掃雷隊群（吳）
MST462「朝瀨」
第十四掃雷隊（佐世保）
MSC656「藥島」
MSC657「鳴島」
MSC669「曽孫島」
第十六掃雷隊（吳）
MSC662「濡島」
MSC663「枝島」
第十九掃雷隊（吳）
MSC665「姫島」
MSC666「置島」
MSC667「兩島」

第二十三掃雷隊（吳）
MSC676「汲島」
MSC677「撤島」
MSC678「跳島」
★第二掃雷隊群（橫須賀）
MST463「裏賀」（橫須賀）
MMC951「草屋」（橫須賀）
第二十掃雷隊（大湊）
MSC670「泡島」
MSC671「朔島」
第二十一掃雷隊（橫須賀）
MSC674「月島」
MSC675「前島」
第二十二掃雷隊（橫須賀）
MS0301「八重山」
MS0302「都島」
MS0303「八丈」
第五十一掃雷隊（橫須賀）
☆開發指導隊群（橫須賀）
試驗艦ASE6101「栗濱」
試驗艦ASE6102「明日賀」

☆第一運輸隊（橫須賀）
LST4151「見裏」
LST4152「牡鹿」
LST4153「札間」
LST4001「大隅」

地方隊
☆橫須賀地方隊（從岩手到三重）
第三十三護衛隊
DE223「佳野」
DE224「熊野」
DE225「野白」
第三十七護衛隊
DD122「八雪」
DE220「千歲」
DE221「二淀」
第十掃雷隊
MSC653「浮島」
MSC668「百合島」
小笠原分遣隊（父島）　特務艇85號ASU85

直轄艦
破冰艦AGB5002「白瀨」
運輸艦LST4101「厚見」
LCU2002「運輸艇二號」
☆佐世保地方隊（從山口經過對馬海峽，從東海到台灣海峽附近）
DDA164「高月」
第三十九護衛隊
DE231「大淀」
DE232「千代」
DE234「戶根」
第三十四護衛隊
DE229「虻熊」
DE230「陣痛」
DE233「千熊」
第十一掃雷隊（下關基地隊）
MSC650「二之島」
MSC651「宮島」
第十三掃雷隊（琉球基地隊）
MSC654「大島」
MSC655「兄島」

直轄艦
LST4102「元府」
LCU2001「運輸艇一號」
佐世保地方隊大村飛行隊所屬對馬防備隊
西克魯斯基HSS—2B千鳥　四架
☆舞鶴地方隊（負責連結秋田與島根的日本海地區）
第二護衛隊
DD119「青雲」
DD120「秋雲」
DD121「夕雲」
第三十一護衛隊
DE217「見熊」
DE219「岩瀨」
第十二掃雷隊
MSC652「繪之島」
MSC661「高島」
直轄艦
LSU4172「野戶」
☆大湊地方隊（負責與俄羅斯的北方海峽部分，進行宗谷海峽、津輕海峽的海上監視）
第二十三護衛隊

DD123「白雪」
DD124「峰雪」
第三十五護衛隊
DE226「石雁」
DE227「夕梁」
DE228「夕鰲」
第十七掃雷隊（函館基地隊）
MSC660「母島」
MSC664「神島」
大湊航空隊直升機
第一導彈艇隊（余市防備隊）
稚內基地分遣隊
直轄艦
LST4103「合歡爐」
☆吳地方隊（從瀨戶內海、和歌山到宮崎）
第二十二護衛隊
DD118「村雲」
DD165「菊月」
第三十八護衛隊
DE218「都下治」
DE222「手潮」

第一〇一掃雷隊　負責內海淺海面的掃雷工作

第十五掃雷隊（阪神基地隊　小型總監部的部隊）

MSC658「父島」

MSC659「鳥島」

第一港灣巡邏隊

巡邏艇25號PB925

26號PB926

27號PB927

吳警備隊　佐伯基地分遣隊：特務艇84號ASU84

直轄艦

LSU4171「愉樂」

小松航空隊　負責相當於內海東入口的紀伊水道地區的港灣防備工作，反潛直升機部隊

☆練習艦隊（吳）

航空集團

航空集團司令（綾瀨）

第一航空群（鹿屋）　P3C

救難航空隊（UH60）　US－1A改良型救難飛行艇

第二航空群（八戶）　P3C

救難航空隊（UH60）　US－1A改良型救難飛行艇、UH－60J救難直升機

第四航空群（厚木）　硫黃島基地、南鳥島基地P3C

救難航空隊（UH60）　US－1A改良型救難飛行艇、UH－60J救難直升機

第五航空群（那霸）　P3C

第二十一航空群（館山）　反潛飛行隊、護衛艦搭載直升機的親飛行隊

HSS2、SH60J、UP3C/D電子戰訓練支援機（各護衛隊群各有一架）、UH－60J救難直升機

第一二一航空隊、第一二四航空隊

第二十二航空群（大村）　反潛飛行隊、護衛艦搭載直升機的親飛行隊

HSS2、SH60J、UP、3D電子訓練支援機（各護衛隊群各有一架）

第一二二航空隊、第一二三航空隊

第三十一航空群（岩國）US1、U36等

第八十一航空隊　EP3（電子戰資料收集機）

第一一一航空隊　從空中去除水雷的直升機掃雷部隊　MH53E
第五十一航空隊（厚木）　負責航空相關研究開發各機種
第六十一航空隊（厚木）　運輸、支援艦隊、YS11、LC90
航空管制隊（厚木）
航空設施隊（八戶）
教育航空集團
教育航空集團司令部（千葉・沼南町）
下總教育航空群（同）
德島教育航空群（德島・松茂町）
小月教育航空群（下關）
第二一一教育航空群（鹿屋）

⊙陸上自衛隊

北部方面隊
第二師團（普通科連隊三個、坦克連隊一個、砲兵連隊一個、後方支援連隊一個為基幹）
第七師團　機甲師團　進行整個北海道的機動打擊任務　普通科連隊一個、坦克連隊三個、砲兵連科、高砲連隊、偵察隊、設施大隊、通信大隊、飛行隊、後方支援連隊組成師團
第五旅團（帶廣）　召集預備役增強實力，再編成為第五師團、第四連隊戰鬥團、第六連隊戰鬥團、第二十七連隊戰鬥團
第十一旅團（真駒內）
東北方面隊
第六師團　支援青函地區的第九師團、京濱地區的第一師團。機動支援全國
第九師團
東部方面隊
第一師團
第十二旅團（相馬原）　機動支援全國各地　空中機動旅團
第一空挺團（船橋）　普通科群（普通科中隊四個、重迫擊砲中隊）、反坦克隊一個、設施隊一個及其他
中部方面隊
第三師團
第十師團　支援京濱地區的第一師團、阪神地區的第三師團。機動支援全國
第十三旅團（海田市）　機動支援全國　海上機動旅

團
第二旅團（前第二混合團・善通寺）機動支援全國。海上機動旅團。第十五普通科連隊、砲兵大隊
（成為第一次PKF被派遣到台灣）
西部方面隊

第四師團　第四十普通科連隊、第四十一普通科連隊、第十六普通科連隊、第十九普通科連隊
第八師團（北熊本）　對於關門・對馬海峽部、琉球，全國進行機動支援
第一旅團（前第一混合團）

＊附記　普通科連隊是由本部管理中隊、四個普通科中隊（普通）、重迫擊砲中隊、反坦克中隊編成。第二旅團普通科連隊中，加上反坦克中隊。砲兵大隊則由本部管理中隊、三個射擊中隊、高射中隊編成

◇美國海軍第七艦隊

橫須賀　第五航空母艦群
藍山脊號　LCC—19　旗艦
小鷹號　CV—63　航空母艦
尼米茲號　CVN—68　核子航空母艦
銀行山號　CG—52　宙斯盾巡洋艦
移動灣號　CG—53　宙斯盾巡洋艦
卡提斯・威爾巴號　宙斯盾驅逐艦
歐布萊恩號　DD—975　受到中國空軍反艦導彈攻擊，被擊沉
休伊特號　DD—966
卡茲號　FFG—38　中彈，嚴重受損，無法航行

馬克爾斯基號　FFG—41　中彈，中度受損，自力航行回航
洛德尼・M・大衛號　FFG—60
沙奇號　FFG—43
佐世保　兩用戰鬥群
波弗特號　ATS—2
貝勞伍德號　LHA—3
布倫斯威克號　ATS—3
都布克號　LPD—8
福特・馬克亨利號　LSD—43
日耳曼城號　LSD—42
衛士號　MCM—5
愛國者號　MCM—7

中國軍隊

◎以下是指中國內戰時的戰力估計。

總兵力 正規軍約三二〇萬人

（其中包括徵兵一七五萬人、預備役募兵八〇萬人）

公安・武裝警察部隊約一〇〇萬人

民兵部隊（非正規軍）約四〇〇〇萬人

※此外在地方還有未組織的武裝勞工士兵，武裝農民約一億人以上

戰略導彈戰力

司令部・北京（黨中央軍事委員會直轄）

戰略火箭部隊（第二砲兵部隊）　七萬人

導彈基地：六

洲際彈道導彈（ICBM）　一七座（估計）

CSS—4（DF—5）　四座

MIRV（多目標彈頭）搭載導彈　一二座

中程彈道導彈（IRBM）　五〇座

陸軍

現役二八〇萬人（戰略火箭部隊、徵兵一五〇萬人也包括在內）

五大軍區二〇省軍區二警備區（減少二大軍區八省）

統合集團軍十七個（通常各軍是由步兵師團三個、坦克旅團或坦克師團一個、砲兵旅團一個、高射砲旅團一個編成）

【戰鬥部隊】

步兵師團五十三個（諸兵科聯合・機械化步兵師團二個也包含在內）

預備步兵師團約三〇個

新編成步兵師團約四〇個

機甲師團七個

野戰砲兵師團五個

獨立機甲旅團一個

獨立野戰砲兵旅團四個
獨立高射砲旅團三個
獨立工兵連隊一〇個
緊急展開部隊大隊六個
航空隊・直升機大隊群四個
空挺部隊（要員隸屬於空軍）軍團一個：空挺師團三個

【主要裝備】

〈主力坦克〉　約六〇〇〇輛
T—34／85型坦克　二五〇輛
T—59型坦克　四四〇〇輛
T—69型坦克（T—59改良型）　一五〇輛
T—79型、T—80型、T—85型ⅡM　八〇〇輛以上
〈輕型坦克〉　約一四〇〇輛
六十三型水陸兩用輕型坦克　八〇〇輛
六十二型輕型坦克　六〇〇輛
步兵戰鬥車　六〇〇輛
裝甲運兵車　一八〇〇輛
牽引砲　九五〇〇門
自動砲　一三〇〇輛

多聯裝火箭發射機　（包括牽引式、自動式在內）　三一〇〇座
迫擊砲　（包括牽引式、自動式在內）　四萬門
高射砲　一萬門
地對空導彈　（包括自動式在內）　七〇〇座
直升機　五〇架
※其他、地對地導彈M—9（CSS—6／DF—11，射程五〇〇公里）、M—11（CSS—7／DF，射程一二〇～一五〇公里）、反坦克誘導武器的HJ—8TOW米蘭型）、HJ—73（沙加型）、無座力砲、反坦克砲、火箭發射器等。

海軍

現役二十六萬人（包括陸戰隊二萬五千人、海軍航空隊二萬五千人、沿岸地區防衛隊二萬五千人）

【三艦隊編成】

航空母艦四艘（估計）、水上戰鬥艦艇四五七艘、潛水艦一〇〇艘、水雷戰艦艇一五〇艘、兩用戰艦艇四

二五艘、支援艦艇及其它一八〇艘、作戰飛機

〔北海艦隊〕

相當於瀋陽、北京、濟南軍區。負責從北韓國境到連雲港為止的沿岸防衛與渤海、東海的海上防衛與監視。

基地：青島（司令部）、大連、葫蘆島、威海、長山

部隊：潛水艦戰隊二個、航空母艦戰鬥群一個、護衛艦戰隊三個、水雷戰隊一個、兩用戰隊一個、其他、渤海灣練習小艦隊。巡邏艦艇、沿岸戰鬥艦艇三〇〇艘

航空部隊／轟炸、戰鬥、攻擊各一個，總計三個師團。此外還新設配備二個航空連隊，當成航空母艦空團

第一航空母艦戰鬥群

航空母艦「大連」、輕型航空母艦「旅順」與一護．第十一、第三十一護衛隊

航空母艦「大連」

輕型航空母艦「旅順」（受到反艦導彈攻擊，被擊沉）

第一護衛艦隊　旗艦「延安」

第十一護衛隊

旅大改良型導彈驅逐艦「延安」、「齊齊哈爾」（嚴重受損）、「鄭州」、「蘭州」（被擊沉）

江威級導彈護衛艦「洛陽」、「鞍山」（被擊沉）、「溫州」、「長沙」（嚴重受損，自力航行回航）

第三一護衛隊

普通型反潛驅逐艦「徐州」（被擊沉）、「無錫」（嚴重受損，自沉）、「南寧」（被擊沉）、「常州」

普通型反潛護衛艦「泉州」（被擊沉）、「寧波」（嚴重受損，自沉）

補給艦「萍鄉」（被擊沉）

第二航空母艦戰鬥群（預定）　航空母艦「北京」（裝配裝備中）

輕型航空母艦「長春」（建造中）

第二護衛艦戰隊　旗艦「青島」

第十二護衛隊

旅大改良型導彈驅逐艦「青島」

江威級導彈護衛艦

第三二護衛隊

第三護衛艦戰隊　旗艦「成都」

第十三護衛隊
　旅大改良型導彈驅逐艦「成都」
第四三護衛隊

〔東海艦隊〕

相當於南京軍區。負責從連雲港到東山的沿岸防衛，以及台灣海峽和東海的海上防衛與監視。

基地：上海（司令部）、吳淞、定海、杭州
部隊：潛水艦戰隊二個、護衛艦戰隊二個、水雷戰戰隊一個、兩用戰戰隊一個、巡邏艦隊、沿岸戰鬥艦艇二五〇艘
　海軍陸戰隊師團一個，沿岸地區防衛隊部隊
　航空部隊：轟炸、戰鬥、攻擊各一個，總計三個師團

第四護衛艦戰隊　旗艦「西安」（被擊沉）
　第二一護衛隊
「建德」、「萍陽」、「瑞金」、「益陽」、「常德」（以上被擊沉）、「江門」、「南通」、「撫州」（以上嚴重受損，自沉）、「黃石」（毫無損傷）
第四二護衛隊（護衛艦

旗艦「南平」、「梧州」、「佛山」、「金華」（以上被擊沉）、「惠州」、「合肥」、「華安」（以上嚴重受損，自沉）、「金門」、「潮安」、「鎮平」（以上中度受損或輕微受損）

第五護衛艦戰隊　旗艦「哈爾濱」
　第二二護衛隊　在第二次琉球海戰中幾乎完全滅絕
　旗艦導彈DD「哈爾濱」（中度受損）、DD「湘潭」（被擊沉）
　FF「銅陵」、「四平」（輕微受損）、「淮南」（嚴重受損）、「新鄉」（被擊沉）
　第三三護衛隊

〔南海艦隊〕

相當於廣州軍區。負責從東山到越南國境為止的沿岸防衛與南海的海上防衛及監視。南北戰爭爆發的同時，一部分艦艇倒戈，投靠華南共和國海軍，因此立刻改組編成南海艦隊。

新基地：上海（臨時司令部）、杭州（臨時）、福州
新部隊：潛水艦戰隊二個、護衛艦隊一個
　巡邏艦艇，沿岸戰鬥艦艇一〇〇艘
　航空部隊：轟炸、戰鬥、攻擊各一個，總計

三個師團

第六護衛艦戰隊（再編成）　旗艦（新）　「南京」
在台灣海峽海戰中大致毀滅
　第二三護衛隊　旅大級五艘「南京」、「吉安」
（被擊沉）、「長春」（被擊沉），另外兩艘嚴重
受損，無法航行
第四一護衛艦　江衛改良型五艘護衛艦中，一艘被
擊沉，兩艘中度受損

海軍空軍部
海軍每個艦隊都擁有空軍部，各擁有一個轟炸、戰
鬥、攻擊的各航空師團一個（三艦隊×三個航空師
團＝九個）。

航空母艦「大連」　第七一航空隊
　殲擊十一（J－11）戰鬥機隊（嚴重受損）
輕型航空母艦「旅順」　第一〇一航空隊
　亞克布雷夫YaK－38戰鬥機隊（毀壞）
航空母艦「北京」　第七二航空隊
　殲擊十一（J－11）戰鬥機隊
輕型航空母艦「長春」　第一〇二航空隊
　亞克布雷夫YaK－38戰鬥機隊
海軍陸戰隊（海軍步兵）　師團一個（步兵連隊三個、坦克連隊一個、砲兵連隊一個）
預備役：師團八個（步兵連隊二四個、坦克連隊八個、砲兵連隊八個）、獨立坦克連隊二個
沿岸地區防衛隊
　獨立砲兵連隊及地對艦導彈連隊　三五個

〔艦艇・裝備〕
〈潛水艦〉　一〇〇艘
　戰略核子潛艦（漢級）　一艘
戰術潛水艦　攻擊型核子潛艇　五艘
非彈道導彈普通型　二艘
攻擊型普通型　九二艘
※但是現有的一〇〇艘中五〇艘是舊式艦艇，是否能發揮作用不得而知。中國打算從俄羅斯購買柴油推進潛水艇SSK，總數二二艘，其中一〇艘似乎已經進口。

〈主要水上戰鬥艦〉　七〇艘
攻擊型航空母艦（輕型航空母艦）　二艘
導彈驅逐艦　二二艘
導彈護衛艦　四四艘
護衛艦　二艘

〈巡邏艦艇、沿岸戰鬥艦艇〉　三八七艘
導彈艇　二一七艘
魚雷艇　一六〇艘
〈水雷戰艦艇〉　一二〇艘
〈兩用戰艦艇〉　四二五艘
坦克登陸艦　二〇艘
中型登陸艦　三五艘
多用途登陸艇（舟艇）　三二〇艘
坦克登陸艇　一〇艘
兵員登陸艇　四〇艘
〈支援艦艇·其他〉　一七〇艘
運輸艦　四〇艘
海上油船　三五艘
潛水艇支援艦　一〇艘
其他　九五艘
〔海軍航空飛機〕　約七二〇架
殲擊五（J－5）　四二架
殲擊六（J－6）　二〇〇架
殲擊七（J－7）　七六架
殲擊八II（防空專用，聽從空軍防空指揮所指令）
殲擊十一（J－11）Su－27P　六〇架
殲擊十一II（J－11II）Su－27SK　二三架
強擊5Q－5　三〇架
輕型轟炸機H－5　七五架
中型轟炸機H－6（搬運核子武器）　六八架
C－601/801空對艦導彈的運用可能改造成反艦攻擊機
國產飛船哈爾濱水轟五型（SH－5）　七架
貝里赫夫Be－6反潛飛船　一〇架
垂直離陸戰鬥機YaK－38　二八架
反潛直升機　五七架
〔海軍步兵裝備〕
主力坦克T－59型坦克、輕型坦克、裝甲運兵車、多聯裝火箭發射器等

⬅空軍

現役　三三萬人（包括戰略部隊、防空要員、徵兵在內）

作戰機　約四八〇〇架
五空軍區（相當於陸軍的大軍區）
總司令部：北京
航空師團共有五軍區（北京、濟南、蘭州、南京、成都，二軍區分離獨立），合計三六個
轟炸機師團由七〇架增加為九〇架，戰鬥機師團由七〇架至一二四架編成。
戰鬥部隊：航空師團　二二個
一個航空師團由三個航空連隊構成，三個連隊中一個是普通、攻擊機連隊。
一個連隊由三～四個飛行隊（中隊）組成
一個飛行隊由三個飛行小隊組成。一個飛行小隊由戰鬥機部四架、運輸機或轟炸機三架編成。各航空師團配備一個技術勤務部隊、運輸機、教練機。

〔轟炸機師團〕　約七〇〇架
〈轟炸機〉　約四〇〇架
中型轟炸機．轟炸六、轟炸六改良型
（H－6／茲波雷夫Tu－16的複製品）　約六〇架
輕型轟炸機．轟炸五（H－5／伊留申Ⅱ－28獵兔犬）　約三〇〇架
Tu－4公牛（波音B－29複製品）　約四〇架

〈對地攻擊戰鬥機〉　約三〇〇架
強擊五（Q－5／J－6改良型）　約五六架
強擊五改良型（Q－5Ⅲ）　約二四四架
〈※強擊五（Q－5）家族的內容與分類〉
Q－5的衍生型．輸出型A－5（以米格－19為基礎，獨自開發的機型）
Q－5　搭載核子武器型
Q－5Ⅰ　增加武器搭載量，擴大與增設燃料搭載空間、提升引擎的力量，進行彈射座椅的更新等改良
Q－5ⅠA　擁有全方位警戒裝置裝備，加壓、給油系統的改良型
Q－5Ⅲ　提升引擎的力量，輸出型的A－5C就是這一型
A－5M　與義大利的亞雷里亞公司共同開發，更新電子機器，增加主翼下的硬體。此外，還有機頭前端使用黑色電波透過材的雷達天線罩的機型
〈戰鬥轟炸機〉
殲轟七（JH－7／H－7轟炸機型的全方位型）　約五五架

〔戰鬥機師團〕
〈戰鬥機〉　約二七〇〇架

殲擊五（J－5／米格－17大都為偵察用）	約一二〇架
殲擊六（J－6／殲擊六改良型、米格－19）	約二二〇架
殲擊七（J－7Ⅱ、Ⅲ／Ⅲ相當於米格－21MF）	約二四〇架
殲擊八（J－8／國產J－7的大型雙引擎化型）	約四八架
殲擊八Ⅱ（J－8Ⅱ／J－8Ⅱ改良型）	約三〇架
殲擊九（J－9／以IAI為基礎嘗試開發）	八架
殲擊十（J－10／J－9的增產型）	四〇架
殲擊十一（J－11／Su－27P直率）	二九架
殲擊十一Ⅱ（J－11Ⅱ／Su－27SK）	四〇架
殲擊十二（J－12／米格－31狐蝠）	三八架
FC－1（計畫名）	數架
〈偵察機〉	八七架
偵察型轟偵五型（HZ－5／H－5的衍生型）	約二四架
偵察型殲偵六型（JZ－6／J－6的衍生型）	約五六架
偵察型JZ－7	七架
運輸機	四三〇架
直升機	三〇〇架
〈教練機及其他〉	約八九〇架
殲教二型JJ－2／米格－15UTI教練機	約一九〇架
其他	約七〇〇架
◎防空師團	九個
高射砲	九〇〇〇門
◎獨立防空連隊	一六個
地對空導彈部隊	六〇個
◎準軍事部隊　人民武裝警察（國防部）	一二〇萬人

台灣南北軍戰力比較

◎以下是台灣發生內戰時的戰力估計。

【台灣北軍（國共合作派革命政府軍）】

總兵力：現役五萬人。預備役五萬人

陸軍

戰鬥部隊

首都警備師團司令部

台北軍管區司令部

機械化步兵師團	一個
步兵師團（首都警備師團）	一個
步兵師團	一個
獨立機甲旅團	一個
地對空群	一個
：地對空導彈大隊	二個

【主要裝備】

〈主力坦克〉	一二〇輛
M－48A5	四〇輛
M－48H	八〇輛
〈輕型坦克〉	二〇〇輛
M－24	四〇輛
M－41／64型	一六〇輛
裝甲步兵戰鬥車M113	三五輛
〈裝甲運兵車〉	一二〇輛
M113	一〇〇輛
V－150突擊隊	二〇輛
牽引砲	六〇門
自動砲	一二輛
反坦克制導武器TOW	二〇〇座
無座力砲	二〇門
高射砲	五〇門
〈地對空導彈〉	
奈基II型	二四座
霍克導彈	三〇座

天弓Ⅰ、Ⅱ　二〇座
愛國者導彈中隊一個　一組
〈直升機〉　二三架
UH－1H　二〇架
CH－47　三架

海軍

基隆·艦隊司令部

【主力艦隊】

第一〇〇驅逐艦隊（前第一三一艦隊）
第一驅逐戰隊（前第五護衛戰隊）
旗艦「開陽」、「南陽」、「資陽」
第二驅逐戰隊（前第六護衛戰隊）
旗艦「富陽」、「藩陽」、「惠陽」
高速導彈艇隊
二個戰隊（由十二艘編成）

水上戰鬥艦艇
驅逐艦　四艘
護衛艦　二艘
巡邏艦艇
導彈艇　一二艘
沿岸警備艇等　數十艘

空軍

台北·松山基地空軍司令部
戰鬥機F－104G　二八架
戰鬥機F－5EⅡ老虎　二二架
運輸機　二〇架
※但是大半的飛行員都拒絕駕駛

【台灣（中華民國）政府軍（南軍）】

總兵力：現役三十七萬五千人

預備役：陸軍一五〇萬人、海軍三萬二千五百人、空軍九萬人、海軍陸戰隊三萬五千人

←陸軍

二十八萬九千人（包括軍事警察在內）

三軍區司令部。一空挺特殊司令部

戰鬥部隊

步兵師團	八個
機械化步兵師團	一個
空挺旅團	二個
獨立機甲旅團	五個
坦克群	一個
地對空導彈群	二個
：地對空導彈大隊	五個
飛行群	二個
：飛行隊	六個
預備輕步兵師團	七個

〔配備狀況〕

金門島　步兵師團三個、坦克群一個

馬祖島　步兵師團一個

台灣中南部防衛　機械化師團一個、步兵師團四個、獨立機甲旅團五個、空挺旅團二個、預備輕步兵師團七個、航空大隊二個、陸戰師團二個

〔主要裝備〕

〈主力坦克〉	四五〇輛
M—48A5	三〇輛
M—48H	四〇〇輛
M—60A	二〇輛
〈輕型坦克〉	七〇五輛
M—24	一九〇輛
M—41／64型	五一五輛
裝甲步兵戰鬥車M113	一九〇輛
〈裝甲運兵車〉	八三〇輛
M113	五五〇輛
V150突擊隊	二八〇輛
牽引砲	一〇〇〇門
自動砲	三〇三門

反坦克制導武器TOW	八〇〇座
無座力砲	四八〇門
高射砲（包括自動式在內）	三五〇門
（地對空導彈）	
奈基Ⅱ型	三六座
霍克導彈	七〇座
天弓Ⅰ、Ⅱ	三四座
愛國者導彈中隊二個	二組

※其他多聯裝火箭發射器、迫擊砲等備有多數。

〔航空〕

固定翼飛機O—1	一〇架
〈直升機〉	一七七架
貝爾AH—1W超級眼鏡蛇	四二架
觀測直升機OH—58D基俄瓦	二六架
UH—1H	九二架
CH—47	五架
KH—4	一二架

海軍

現役六萬八千人（其中包括海軍陸戰隊三萬人）

三海軍區

其他：左營（司令部）、馬公、基隆（落入北軍之手）

主要軍港　台中、馬公、金門、馬祖、左營、花蓮

【主力艦隊】

〔驅逐艦隊〕

〈第一二四艦隊（左營）〉

第一護衛戰隊（左營）

旗艦「安陽」、「建陽」（中度受損）、「昆陽」（被擊沉）、「遼陽」（被擊沉）

第二護衛戰隊（左營）

成功級（導彈護衛艦）

旗艦「成功」（輕微受損）、「鄭和」、「繼光」（中度受損）、「岳飛」

〈第一四六艦隊（馬公）〉

第三護衛戰隊（馬公

旗艦「德陽」（輕微受損）、「綏陽」（中度受損）、「雲陽」（輕微受損）、「正陽」

第四護衛戰隊（台中）

旗艦「邵陽」、「當陽」、「漢陽」、「萊陽」（中度受損）

〔護衛艦（巡防）艦隊〕

〈第一三一艦隊（因為北軍佔領基隆，所以司令部移到花蓮）

拉法葉級（康定級）最新護衛艦

第五護衛戰隊

旗艦「康定」、「西寧」、「昆明」（中度受損，可以自力航行）

第六護衛戰隊

旗艦「迪化」、「武昌」（嚴重受損，自沉）、「成都」

〈第一六八艦隊（蘇澳）〉（濟陽級護衛艦）

第七護衛戰隊

旗艦「濟陽」、「鳳陽」、「汾陽」

第八護衛戰隊

旗艦「蘭陽」、「海陽」、「淮陽」

〈第二〇艦隊（花蓮）〉

第九護衛戰隊（預備退役艦重新服役）

旗艦「洛陽」、「貴陽」、「慶陽」、「鄱陽」

第一〇護衛戰隊（預備）

旗艦「天山」、「太原」及其他六艘

高速導彈艇隊群

四個導彈艇戰隊（四〇艘導彈艇）

潛水艦戰隊（左營）

「海獅」Haishih SS—791

「海豹」Haipao SS—792

「海龍」Hailong SS—793

「海虎」Haihu SS—794

〔艦艇・裝備〕

潛水艦（普通型）	四艘
《水上戰鬥艦艇》	四五艘
導彈驅逐艦	七艘
驅逐艦	一五艘
導彈護衛艦	六艘
護衛艦	一七艘
〈巡邏艦艇・沿岸戰鬥艦艇〉	一〇一艘
導彈艇	四〇艘
掃雷艇	四艘
內海巡邏艇	四五艘
〈水雷戰艦艇〉	一三艘
〈兩用戰艦艇〉	二一艘
兩用戰指揮艦	一艘
坦克登陸艦	一四艘
登陸艦	六艘

〈舟艇（多用途登陸艇等）〉　四〇〇艘
〈支援艦・其他艦船〉　一九艘
戰鬥支援艦　一艘
運輸艦　六艘
支援給油艦　三艘
其他　九艘
◎沿岸防衛
地對艦沿岸防衛導彈大隊　一個
◎海軍航空隊
海上巡邏飛行隊　一個
直升機飛行隊　一個
作戰機　三三架
武裝直升機　二二架
◎海軍陸戰隊　三萬人
陸戰師團二個以及支援部隊

←空軍

七萬二千人
作戰機　七三八架
戰鬥部隊：戰鬥航空團五個飛行隊（中隊）　二〇個

航空連隊／大隊（航空團）以下有三～四個的中隊
〈飛行隊〉
對地攻擊戰鬥：戰鬥飛行隊　一四個
〈戰鬥機〉　約六一〇架
F—5E老虎Ⅱ戰鬥機　一七〇架
同 F—5F複座戰鬥機　八〇架
F—104G　一一二架
IDF經國號（最後編成一三〇架）　七〇架
F—16A／B　二四架
幻象2000—5　三〇架
AT—3輕型攻擊機　約二〇架
T—38A教練機　約二〇架
T—34C基本教練機　約四〇架
AT—3A高等教練機　約四〇架
TF—104G教練機　四架
偵察：飛行隊　一個　一〇架
RF—104G　六架
E—2T鷹眼　四架
搜索救難：飛行隊　一個
S—70　一四架
運輸：飛行隊　八個　六八架

固定翼飛機　四八架
直升機　二〇架
其他教練機　一二二架

〔配置狀況〕

新竹基地　F—104G戰鬥機三個中隊、經國號戰鬥機一個中隊
清泉崗基地　F—5E戰鬥機三個中隊、F—104G戰鬥機三個中隊
嘉義基地　F—5E戰鬥機三個中隊、經國號戰鬥機三個中隊
台南基地　F—5E戰鬥機三個中隊、F—104G戰鬥機三個中隊、運輸飛行隊二個
台東基地　F—16A/B戰鬥機三個中隊、F—5E戰鬥機三個中隊
屏東基地　F—104G戰鬥機三個中隊、運輸飛行隊四個
花蓮基地　幻象2000—5型戰鬥機三個中隊、經國戰鬥機三個中隊

（註：台灣北部的松山基地與桃園基地，落入北軍之手）

〔準軍事部隊〕

治安機關　二萬五千人
海上警察　一千人
海關：六百五十人

華南共和國

陸軍

總兵力　約八十一萬五千人
現役　十四萬五千人
公安部隊·武裝警察隊　七萬人
預備役募兵　二〇萬人
徵兵　四〇萬人

集團軍三個
第四二軍（廣東省廣州）
機械化步兵一個、摩托化師團二個、摩托化步兵旅團二個、防空師團一個、砲兵師團一個、武裝直升機大隊一個
第三一軍（福建省）
機甲旅團一個、摩托化師團一個、輕步兵師團二個、砲兵師團一個
第四一軍（廣西省柳州）
摩托化步兵二個、摩托化旅團一個、輕步兵師團一個、輕步兵旅團一個、砲兵師團一個

新編成野戰軍（由各軍輕步兵師團或是輕步兵旅團三個編成）
新第一軍　摩托化步兵旅團二個、輕步兵師團一個
新第二軍　摩托化旅團二個、輕步兵旅團一個
新第三軍　摩托化旅團二個、輕步兵旅團一個
新第四軍　摩托化旅團一個、輕步兵旅團二個
新第五軍　輕步兵旅團三個
新第六軍　輕步兵師團二個、輕步兵旅團一個
新第八軍　輕步兵師團三個編成中
新第九軍　輕步兵師團三個編成中
新第十軍　輕步兵師團三個編成中
武裝警察軍（一部分摩托化、輕步兵的警備師團）
武裝警察第七五師團
武裝警察第七六師團
武裝警察第七七師團
（內容說明）

機甲旅團一個（坦克三二二輛）
機械化步兵師團一個（坦克一二二輛、步兵戰鬥車・裝甲運兵車一二五輛）
摩托化步兵師團五個（坦克・輕型坦克一二〇輛×五個＝六〇〇輛）
摩托化步兵旅團十個（經由預備役召集而重新編成，接受台灣軍的支援）
輕步兵師團八個（包括預備役召集輕步兵師四個）
輕步兵旅團七個（由預備役召集而編成）
武裝警察師團三個
新輕步兵師團九個（利用徵兵編成・訓練中）
砲兵師團三個（新編成一個）
防空師團一個

〔主要裝備〕

主力坦克　約九〇〇輛
T—34／85型坦克　二〇〇輛
T—59型坦克　七〇〇輛
輕型坦克　約二〇〇輛
63型水陸兩用輕型坦克　一〇〇輛
62型輕型坦克　一〇〇輛
步兵戰鬥車（五〇輛來自台灣的援助）　約一五〇輛
裝甲運兵車（二〇〇輛來自台灣的援助）　約六〇〇輛
牽引砲（五〇〇門來自台灣的援助）　約二五〇〇門
自動砲　約三〇〇輛
多聯裝火箭發射機　約四〇〇座
迫擊砲（五〇〇門來自台灣的援助）　約七五〇〇門
高射砲　約二〇〇〇門
地對空導彈　約一〇〇座
直升機　約四〇架

（其他）

預備陸軍兵力
民兵游擊兵　二〇〇萬人

←華南空軍（前廣州空軍）

兵力　六萬人（包括防空要員、徵兵在內）
作戰機　約八〇〇架

航空師團　六個
轟炸機師團　二個（六個飛行連隊）　一七一架
轟炸機
中型轟炸機・轟炸六（H－6）、轟炸六改良型　三六架
輕型轟炸機・轟炸五（H－5）　六三架
對地攻擊戰鬥機
強擊五（Q－5）　三六架
強擊五改良型（Q－5Ⅲ）　二七架
戰鬥轟炸機
殲轟七（JH－7）　九架
戰鬥機師團　四個（十二個飛行連隊）　四一四架
戰鬥機
殲擊五（J－5）　九〇架
殲擊六（J－6）　二三二架
殲擊七（J－7）　八〇架
殲擊八（J－8）、殲擊八Ⅱ　一二架
偵察機　三四架
偵察型轟偵五型（HZ－5）　一四架
偵察型轟偵六型（HZ－6）　一八架
偵察型JZ－7　二架

運輸機　一〇〇架
直升機　七〇架
教練機及其他　一二〇架
防空師團　三個
高射砲　三〇〇〇門
獨立防空連隊　六個
地對空導彈部隊　二〇個

⬅海軍（前南海艦隊主力）

現役　四萬五千人（包括海軍陸戰隊八千人、徵兵五千人）
湛江（司令部）、汕頭、廣州、榆林、西沙諸島、南沙群島的前進基地
華南共和國艦隊
護衛艦戰隊　旗艦「廣州」（前重慶）
第一護衛戰隊　驅逐艦三艘
第二護衛戰隊　護衛艦四艘
水雷戰隊　一個
布雷艇　一七艘

掃雷艦	三〇艘
兩用戰隊	一個
中型登陸艦	約一〇艘
多用途登陸艇	約三〇艘
沿岸防衛戰隊	三個
導彈艇	約七〇艘
魚雷艇	約三〇艘
巡邏艇	約二〇〇艘
陸戰旅團一個	約八千人
海軍航空部隊	
海軍轟炸機師	一個
轟炸六（H—6）	一〇架
海軍攻擊機師團	一個
強擊五（Q—5）	三八架
海軍戰鬥機師團	一個
殲擊五（J—5）	五〇架
殲擊六（J—6）	六〇架
殲擊七（J—7）	一〇〇架
殲擊八（J—8）	一二架

●主婦の友社授權中文全球版

女醫師系列

①子宮內膜症
國府田清子／著　　定價200元

②子宮肌瘤
黑島淳子／著　　定價200元

③上班女性的壓力症候群
池下育子／著　　定價200元

④漏尿、尿失禁
中田真木／著　　定價200元

⑤高齡生產
大鷹美子／著　　定價200元

⑥子宮癌
上坊敏子／著　　定價200元

⑦避孕
早乙女智子／著　　定價200元

⑧不孕症
中村はるね／著　　定價200元

⑨生理痛與生理不順
堀口雅子／著　　定價200元

⑩更年期
野末悅子／著　　定價200元

大展出版社有限公司
品冠文化出版社

圖書目錄

地址：台北市北投區(石牌)
致遠一路二段12巷1號
電話：(02)28236031
28236033
郵撥：0166955～1
傳真：(02)28272069

・生活廣場・品冠編號 61

1. 366天誕生星	李芳黛譯	280元
2. 366天誕生花與誕生石	李芳黛譯	280元
3. 科學命相	淺野八郎著	220元
4. 已知的他界科學	陳蒼杰譯	220元
5. 開拓未來的他界科學	陳蒼杰譯	220元
6. 世紀末變態心理犯罪檔案	沈永嘉譯	240元
7. 366天開運年鑑	林廷宇編著	230元
8. 色彩學與你	野村順一著	230元
9. 科學手相	淺野八郎著	230元
10. 你也能成為戀愛高手	柯富陽編著	220元
11. 血型與十二星座	許淑瑛編著	230元
12. 動物測驗—人性現形	淺野八郎著	200元
13. 愛情、幸福完全自測	淺野八郎著	200元
14. 輕鬆攻佔女性	趙奕世編著	230元
15. 解讀命運密碼	郭宗德著	200元

・女醫師系列・品冠編號 62

1. 子宮內膜症	國府田清子著	200元
2. 子宮肌瘤	黑島淳子著	200元
3. 上班女性的壓力症候群	池下育子著	200元
4. 漏尿、尿失禁	中田真木著	200元
5. 高齡生產	大鷹美子著	200元
6. 子宮癌	上坊敏子著	200元
7. 避孕	早乙女智子著	200元
8. 不孕症	中村春根著	200元
9. 生理痛與生理不順	堀口雅子著	200元
10. 更年期	野末悅子著	200元

・傳統民俗療法・品冠編號 63

1. 神奇刀療法	潘文雄著	200元

2. 神奇拍打療法　安在峰著　200元
3. 神奇拔罐療法　安在峰著　200元
4. 神奇艾灸療法　安在峰著　200元
5. 神奇貼敷療法　安在峰著　200元
6. 神奇薰洗療法　安在峰著　200元
7. 神奇耳穴療法　安在峰著　200元
8. 神奇指針療法　安在峰著　200元
9. 神奇藥酒療法　安在峰著　200元
10. 神奇藥茶療法　安在峰著　200元

・彩色圖解保健・品冠編號 64

1. 瘦身　主婦之友社　300元
2. 腰痛　主婦之友社　300元
3. 肩膀痠痛　主婦之友社　300元
4. 腰、膝、腳的疼痛　主婦之友社　300元
5. 壓力、精神疲勞　主婦之友社　300元
6. 眼睛疲勞、視力減退　主婦之友社　300元

・心 想 事 成・品冠編號 65

1. 魔法愛情點心　結城莫拉著　120元
2. 可愛手工飾品　結城莫拉著　120元
3. 可愛打扮&髮型　結城莫拉著　120元
4. 撲克牌算命　結城莫拉著　120元

・法律專欄連載・大展編號 58

台大法學院　法律學系／策劃
法律服務社／編著

1. 別讓您的權利睡著了(1)　200元
2. 別讓您的權利睡著了(2)　200元

・武 術 特 輯・大展編號 10

1. 陳式太極拳入門　馮志強編著　180元
2. 武式太極拳　郝少如編著　200元
3. 練功十八法入門　蕭京凌編著　120元
4. 教門長拳　蕭京凌編著　150元
5. 跆拳道　蕭京凌編譯　180元
6. 正傳合氣道　程曉鈴譯　200元
7. 圖解雙節棍　陳銘遠著　150元
8. 格鬥空手道　鄭旭旭編著　200元

9. 實用跆拳道	陳國榮編著	200 元
10. 武術初學指南	李文英、解守德編著	250 元
11. 泰國拳	陳國榮著	180 元
12. 中國式摔跤	黃　斌編著	180 元
13. 太極劍入門	李德印編著	180 元
14. 太極拳運動	運動司編	250 元
15. 太極拳譜	清・王宗岳等著	280 元
16. 散手初學	冷　峰編著	200 元
17. 南拳	朱瑞琪編著	180 元
18. 吳式太極劍	王培生著	200 元
19. 太極拳健身與技擊	王培生著	250 元
20. 秘傳武當八卦掌	狄兆龍著	250 元
21. 太極拳論譚	沈　壽著	250 元
22. 陳式太極拳技擊法	馬　虹著	250 元
23. 二十四式/三十二式 太極拳/劍	闞桂香著	180 元
24. 楊式秘傳 129 式太極長拳	張楚全著	280 元
25. 楊式太極拳架詳解	林炳堯著	280 元
26. 華佗五禽劍	劉時榮著	180 元
27. 太極拳基礎講座：基本功與簡化 24 式	李德印著	250 元
28. 武式太極拳精華	薛乃印著	200 元
29. 陳式太極拳拳理闡微	馬　虹著	350 元
30. 陳式太極拳體用全書	馬　虹著	400 元
31. 張三豐太極拳	陳占奎著	200 元
32. 中國太極推手	張　山主編	300 元
33. 48 式太極拳入門	門惠豐編著	220 元
34. 太極拳奇人奇功	嚴翰秀編著	250 元
35. 心意門秘籍	李新民編著	220 元
36. 三才門乾坤戊己功	王培生編著	220 元
37. 武式太極劍精華 +VCD	薛乃印編著	350 元
38. 楊式太極拳	傅鐘文演述	200 元
39. 陳式太極拳、劍 36 式	闞桂香編著	250 元

・原地太極拳系列・大展編號 11

1. 原地綜合太極拳 24 式	胡啟賢創編	220 元
2. 原地活步太極拳 42 式	胡啟賢創編	200 元
3. 原地簡化太極拳 24 式	胡啟賢創編	200 元
4. 原地太極拳 12 式	胡啟賢創編	200 元

・名師出高徒・大展編號 111

1. 武術基本功與基本動作	劉玉萍編著	200 元
2. 長拳入門與精進	吳彬　等著	220 元

3. 劍術刀術入門與精進　楊柏龍等著　元
4. 棍術、槍術入門與精進　邱丕相編著　元
5. 南拳入門與精進　朱瑞琪編著　元
6. 散手入門與精進　張　山等著　元
7. 太極拳入門與精進　李德印編著　元
8. 太極推手入門與精進　田金龍編著　元

・道學文化・大展編號 12

1. 道在養生：道教長壽術　郝　勤等著　250 元
2. 龍虎丹道：道教內丹術　郝　勤著　300 元
3. 天上人間：道教神仙譜系　黃德海著　250 元
4. 步罡踏斗：道教祭禮儀典　張澤洪著　250 元
5. 道醫窺秘：道教醫學康復術　王慶餘等著　250 元
6. 勸善成仙：道教生命倫理　李　剛著　250 元
7. 洞天福地：道教宮觀勝境　沙銘壽著　250 元
8. 青詞碧簫：道教文學藝術　楊光文等著　250 元
9. 沈博絕麗：道教格言精粹　朱耕發等著　250 元

・易學智慧・大展編號 122

1. 易學與管理　余敦康主編　250 元
2. 易學與養生　劉長林等著　300 元
3. 易學與美學　劉綱紀等著　300 元
4. 易學與科技　董光壁　著　元
5. 易學與建築　韓增祿　著　元
6. 易學源流　鄭萬耕　著　元
7. 易學的思維　傅雲龍等著　元
8. 周易與易圖　李　申　著　元

・神算大師・大展編號 123

1. 劉伯溫神算兵法　應　涵編著　280 元
2. 姜太公神算兵法　應　涵編著　元
3. 鬼谷子神算兵法　應　涵編著　元
4. 諸葛亮神算兵法　應　涵編著　元

・秘傳占卜系列・大展編號 14

1. 手相術　淺野八郎著　180 元
2. 人相術　淺野八郎著　180 元
3. 西洋占星術　淺野八郎著　180 元
4. 中國神奇占卜　淺野八郎著　150 元

5. 夢判斷	淺野八郎著	150 元
6. 前世、來世占卜	淺野八郎著	150 元
7. 法國式血型學	淺野八郎著	150 元
8. 靈感、符咒學	淺野八郎著	150 元
9. 紙牌占卜術	淺野八郎著	150 元
10. ESP 超能力占卜	淺野八郎著	150 元
11. 猶太數的秘術	淺野八郎著	150 元
12. 新心理測驗	淺野八郎著	160 元
13. 塔羅牌預言秘法	淺野八郎著	200 元

・趣味心理講座・大展編號 15

1. 性格測驗① 探索男與女	淺野八郎著	140 元
2. 性格測驗② 透視人心奧秘	淺野八郎著	140 元
3. 性格測驗③ 發現陌生的自己	淺野八郎著	140 元
4. 性格測驗④ 發現你的真面目	淺野八郎著	140 元
5. 性格測驗⑤ 讓你們吃驚	淺野八郎著	140 元
6. 性格測驗⑥ 洞穿心理盲點	淺野八郎著	140 元
7. 性格測驗⑦ 探索對方心理	淺野八郎著	140 元
8. 性格測驗⑧ 由吃認識自己	淺野八郎著	160 元
9. 性格測驗⑨ 戀愛知多少	淺野八郎著	160 元
10. 性格測驗⑩ 由裝扮瞭解人心	淺野八郎著	160 元
11. 性格測驗⑪ 敲開內心玄機	淺野八郎著	140 元
12. 性格測驗⑫ 透視你的未來	淺野八郎著	160 元
13. 血型與你的一生	淺野八郎著	160 元
14. 趣味推理遊戲	淺野八郎著	160 元
15. 行為語言解析	淺野八郎著	160 元

・婦 幼 天 地・大展編號 16

1. 八萬人減肥成果	黃靜香譯	180 元
2. 三分鐘減肥體操	楊鴻儒譯	150 元
3. 窈窕淑女美髮秘訣	柯素娥譯	130 元
4. 使妳更迷人	成　玉譯	130 元
5. 女性的更年期	官舒妍編譯	160 元
6. 胎內育兒法	李玉瓊編譯	150 元
7. 早產兒袋鼠式護理	唐岱蘭譯	200 元
8. 初次懷孕與生產	婦幼天地編譯組	180 元
9. 初次育兒 12 個月	婦幼天地編譯組	180 元
10. 斷乳食與幼兒食	婦幼天地編譯組	180 元
11. 培養幼兒能力與性向	婦幼天地編譯組	180 元
12. 培養幼兒創造力的玩具與遊戲	婦幼天地編譯組	180 元
13. 幼兒的症狀與疾病	婦幼天地編譯組	180 元

14. 腿部苗條健美法	婦幼天地編譯組	180 元
15. 女性腰痛別忽視	婦幼天地編譯組	150 元
16. 舒展身心體操術	李玉瓊編譯	130 元
17. 三分鐘臉部體操	趙薇妮著	160 元
18. 生動的笑容表情術	趙薇妮著	160 元
19. 心曠神怡減肥法	川津祐介著	130 元
20. 內衣使妳更美麗	陳玄茹譯	130 元
21. 瑜伽美姿美容	黃靜香編著	180 元
22. 高雅女性裝扮學	陳珮玲譯	180 元
23. 蠶糞肌膚美顏法	坂梨秀子著	160 元
24. 認識妳的身體	李玉瓊譯	160 元
25. 產後恢復苗條體態	居理安・芙萊喬著	200 元
26. 正確護髮美容法	山崎伊久江著	180 元
27. 安琪拉美姿養生學	安琪拉蘭斯博瑞著	180 元
28. 女體性醫學剖析	增田豐著	220 元
29. 懷孕與生產剖析	岡部綾子著	180 元
30. 斷奶後的健康育兒	東城百合子著	220 元
31. 引出孩子幹勁的責罵藝術	多湖輝著	170 元
32. 培養孩子獨立的藝術	多湖輝著	170 元
33. 子宮肌瘤與卵巢囊腫	陳秀琳編著	180 元
34. 下半身減肥法	納他夏・史達賓著	180 元
35. 女性自然美容法	吳雅菁編著	180 元
36. 再也不發胖	池園悅太郎著	170 元
37. 生男生女控制術	中垣勝裕著	220 元
38. 使妳的肌膚更亮麗	楊　皓編著	170 元
39. 臉部輪廓變美	芝崎義夫著	180 元
40. 斑點、皺紋自己治療	高須克彌著	180 元
41. 面皰自己治療	伊藤雄康著	180 元
42. 隨心所欲瘦身冥想法	原久子著	180 元
43. 胎兒革命	鈴木丈織著	180 元
44. NS 磁氣平衡法塑造窈窕奇蹟	古屋和江著	180 元
45. 享瘦從腳開始	山田陽子著	180 元
46. 小改變瘦 4 公斤	宮本裕子著	180 元
47. 軟管減肥瘦身	高橋輝男著	180 元
48. 海藻精神秘美容法	劉名揚編著	180 元
49. 肌膚保養與脫毛	鈴木真理著	180 元
50. 10 天減肥 3 公斤	彤雲編輯組	180 元
51. 穿出自己的品味	西村玲子著	280 元
52. 小孩髮型設計	李芳黛譯	250 元

・青 春 天 地・大展編號 17

1. A 血型與星座	柯素娥編譯	160 元
2. B 血型與星座	柯素娥編譯	160 元

國家圖書館出版品預行編目資料

美中開戰　新・中國－日本戰爭(十)／森詠著；林雅倩譯
——初版，——臺北市，大展，2001〔民90〕
面；21公分，——（精選系列；25）
譯自：新・日本中國戰爭（第十部）米中開戰
ISBN 957-468-093-2（平裝）

861.57　　90012607

美中開戰　新・中國－日本戰爭(十)　ISBN 957-468-093-2

原著者／森　詠
編譯者／林　雅　倩
發行人／蔡　森　明
出版者／大展出版社有限公司
社　址／台北市北投區（石牌）致遠一路2段12巷1號
電　話／（02）28236031・28236033・28233123
傳　眞／（02）28272069
郵政劃撥／01669551
E-mail／dah-jaan@ms9.tisnet.net.tw
登記證／局版臺業字第2171號
承印者／高星印刷品行
裝　訂／日新裝訂所
排版者／弘益電腦排版有限公司
初版1刷／2001年（民90年）9月

定　價／220元

大展好書 好書大展

大展好書 好書大展